XINGZOU DE
DENGHUO

行走的灯火

老 秋 ◎ 著

时代出版传媒股份有限公司
安徽文艺出版社

图书在版编目（CIP）数据

行走的灯火/老秋著.—合肥：安徽文艺出版社，2023.6
ISBN 978-7-5396-7582-4

Ⅰ．①行… Ⅱ．①老… Ⅲ．①散文诗－诗集－中国－当代 Ⅳ．①I227.6

中国版本图书馆 CIP 数据核字(2022)第 201698 号

出 版 人：姚 巍
责任编辑：胡 莉　　　　　　　　装帧设计：张诚鑫

出版发行：安徽文艺出版社　www.awpub.com
地　　址：合肥市翡翠路 1118 号　邮政编码：230071
营 销 部：(0551)63533889
印　　制：安徽联众印刷有限公司　(0551)65661327

开本：880×1230　1/32　印张：6.75　字数：140 千字
版次：2023 年 6 月第 1 版
印次：2023 年 6 月第 1 次印刷
定价：36.00 元

（如发现印装质量问题，影响阅读，请与出版社联系调换）
版权所有，侵权必究

目录

自序 / 001

春天之旅 / 001
我的花园 / 007
低语的乡村 / 015
倾听阳光走过的声音 / 019
南方以南 / 027
春风十里 / 031
寂静的天空 / 034
镜子上的霜 / 043
我在空的内部 / 047
学会慢慢遗忘 / 052
我坐在这里 / 057
我不想说出我的累 / 061
在光影中奔跑的人 / 068

行走的灯火 / 073

时间的面纱 / 088

时间的台阶 / 103

你站着就是大地的背影 / 111

独白·呢喃 / 119

绝响 / 128

光阴之眼 / 132

影子的低语 / 146

柔软 / 155

隐喻或呈现 / 162

纸上 / 171

存在 / 176

李白,李白 / 184

在钢铁中歌唱 / 193

矿山情感 / 202

自　序

　　爱上诗歌、爱上散文诗，细数起来，已有三十个年头。我这个爱好文学的懵懂少年，也已进入人生的中年。

　　沿着文学的道路，我竟然走了这么久，还在继续走下去。回首往昔，从单纯的爱好，到持续地写作，直至如今，诗歌已成为我日常生活中的一部分。真是没想到，寒来暑往，时序更替，我依然被诗歌涌动的激情和热情所吸引。在诗歌中，我与另一个自己相遇、相知和相守，它让慢慢磨灭的理想和壮志，经历了风雨之后，重新站立起来，像一道彩虹挂在天边，期待我一跃而过。只是时间过得太快了，也不停一停，让我慢下来，好好梳理匆匆走过的诗行。

　　面对文学，我常常无话可说，习惯保持沉默，更厌恶别人拿诗歌来娱乐、炒作。究其原因，还是源自我对文学的那份炙热的情感和纯洁的诗心。我曾写过："敬畏诗歌，感恩诗歌。让我在诗歌中，怀着热烈的爱与悲伤。"写作是一个不断探寻自我、认识自我的过程，我写作最大的乐趣在于，在真实和虚幻中穿越，获得一份愉悦和力量。哪怕诗歌是疼痛的，但完成之后，就轻松了许多。

　　散文诗是我内心的大树。它有一种蓬勃向上、旺盛葳蕤的生命力，引领我追风逐电、揽月摘星，召唤我做人做事无愧于心。新诗与散文诗，两者融会贯通。个人觉得，散文诗的形式是散文，但其内核还是诗歌。散文诗的意境非常重要，如果没有丰盈饱满、飘逸卓立的意境，那么散文诗就失去了一种真性情。散文诗总能让我安静下来，在尘世的浮躁与嘈杂中，守着时光，读书或写作，在自己内心的国度，静静地散步。我看到的风景，其实是美的、纯真的，甚至有道德的洁癖。我在风景中，寻找记忆中的故乡，心中始终萦绕着一缕无法割舍的乡愁。

　　遴选进本书中的作品，有的最初出现的面貌，只是简单的抒情的句子，最终定稿的时候，我才把它们提炼成表达个人独特生存体验的散文诗。或许是因为我想到，散文诗的天地辽阔、旷达，有时候更适宜内敛情绪的渲染、释放和浓烈地抒发。

　　百年新诗，浩浩荡荡。南方以南，我是一名多情的浪子，采撷一朵朵属于自己的花朵——像散文诗一样，明净而芬芳，自由和开放。

春天之旅

一段琴声像三月的杨梅，如今又鲜活起来。

中国的春

温庭筠吟诵小令的时候，李贺骑驴寻诗的时候，中国的春也随之而来。

燕子返回南方，翱翔在蓝蓝的天空下。这时许多人被春天深深感动，眺望远方，心情变得温暖而忧伤。

所有的爱情萌芽在春天的枝条上，一点点，一簇簇，便成为一首翩翩的诗了。有人撑着纸伞，穿过幽长的小巷，徜徉在雨季。熟稔的歌谣生动起来，照亮春天的道路。

在春天，摒弃尘世的喧哗和物欲，回到三月的中央，静静地面对一株含苞欲放的花朵，听花开的声音是怎样掀开岁月的章节。

这是中国的春固有的抒情方式。

中国的春太朴素，太温婉。纵然是苏轼的如椽巨笔，也不能让春天太放肆、太风流。中国的春宛如笛音一般，悠悠扬扬，放飞多少心事、乡情或者恋情都能找到完美的归宿。中国的春就像霏雨一样，轻轻扑入谁的梦中，待天明醒来，花又落了，春天的脚步声已远至天涯，怎么也追不回。

春光如似水年华，白了鬓发，添了闲纹。所以中国的春是一架巨大的竖琴，春的中国是一张古老的唱片，我们每个人都要赶赴这场心灵之约。那么让我们恢复自然，恪守青春，在未知的长久的等待中铭记英雄，笑谈人生。

我和春天有个约会

江南多雨，整个日子被雨水浸透，一拧，心情摇曳如那夜的烛光，为谁守候千年的归程？

背负春天，小草茂盛的欲望让燕子低首，随风传唱多少歌吟。

要么伸出手来，感受阳光的温暖；要么拾起遗落的红豆，为春天印上溢彩的注释。

小屋寂寂，听青鸟的啼叫，溅起一串串金黄的涟漪。走过的日子，我不曾忘记。一段喑哑的琴声像三月的杨梅，如今又鲜活起来。春天的路上，我行色匆匆。爱情的花篮盛放美丽的梦想，抵达秦风汉月的驿站。

尽管我心疲惫，灰尘蒙沾一身，但在诗歌的光芒的照耀下，一切都令人目眩神迷。

独倚西窗，黄昏一如归鸦，寻找落脚的巢。微风在神秘人出现之前，坐怀不乱。

我看见灵魂的小鱼徜徉在诗歌的海洋中，贪婪地寻觅绿色情意。想象中的她，被春天这支长箫，按在唇边，吹成五彩缤纷的花朵。

感受春天

是燕子第一声清脆的鸣叫打开春天这架巨大的竖琴吗？是柳叶低低的萌芽声催醒春天的酣梦吗？

四季之中，最爱是春。一缕缕温暖的阳光，牵系着行人湿润的眼睛，让多情的江南，浓烈地溢出芬芳。孩子在春天里放飞幻想的风筝，恋人在春雨中让一把花伞撑起向往的晴空。

静守春夜，心也蓝了，我袅袅吹响的笛音，在谁家的窗前，勾起一汪梦境？今夜月光多么美，爱情的亮泽流淌遍地。

走进春天，我步履轻松，我的心灵像蚌壳徐徐舒展，去呼吸清新的空气，感受如浪的欢歌。

春　望

是柳条的萌芽打开春天这架巨大的竖琴吗？是少女的芳香将古老的歌谣再次传唱吗？

呵，春。我远嫁的新娘重返南方，娉婷依旧，绰约风姿打动多少无名英雄。唯有我那寂寞的心弦，等待命运之神，叩响青春的门环。

雨季过后，乐谱的天空下，疯长着小草，浮动着纯净的气息。让我走进槐花的香闺，拥有一种感恩或是聆听不绝如缕的鸟鸣。蓝色歌谣如云飘浮，封住我模糊的眼帘。

我早起的兄弟，把庭院收拾干净，然后身扛犁耙，开始翻耕又一季的心事。屋檐下的银镰，按捺不住，山泉般生动起来。和他们相比，我是多么渺小和可悲。

我的诗歌贯穿无奈的忧伤和呻吟。而那些寄厚望于我的人，我该奉献怎样的深情？我在春天的田野，默默伫立，就像一粒火焰的种子，穿过风雨，轻轻捻亮故乡的眼神。

小 雨

　　小雨细细的，好像少女纤细手指弹出的琴声一样。在春天的路上，喜逢这一场雨是多么幸福且欣慰。

　　淋湿了无数行人的梦田，让桃花汛稳守岸边，奔腾如马，向远方迤逦而去。

　　一滴雨就是一颗闪亮的音符，在天地间挂起一瀑珠帘，为谁摇曳而沉默不语。

　　深入兄弟的心窝，那里小雨霏霏，勾起一朵朵灿然的微笑，亮丽我们跋涉的行程。

　　虽然我的行囊仅有一支短笛，可你千万不要说我空空如洗，在我走上绿遍天涯的时候。

小夜曲

　　轻漾如水月色，多少花朵大胆地开放，最微弱的烛光也摇曳出一些美丽，应和这飞扬的琴声。

　　夜，朦胧的树影都是一封微醉的情书。

曾经远离独享的洗礼,现在回归寂静中来,还是以前的少年,赶赴约会,大片的心跳清晰可见。

春夜之中,英雄的剑锋扫荡了无边的苦难。谁的一笑,使春天的夜晚抖搂白霜,万物争显着勃勃生机?

我的花园

异乡人,看见了野菊,母亲的叮咛又在撞击。

花 园

我想拥有一座花园,那儿百花开放、四季轮回都能以忧郁的芬芳时刻浸润我的心灵。

和小鸟一样,渴望露珠和黎明;仿佛蛙鼓震天,企求一方绿荷的荫蔽;像菊的品格,内秀而又温暖,在秋天返回爱情;还有白雪纷扬,期待与知心的梅相逢,一生都为知己灼灼怒放。

呵!花园,这不是简单的妄想,包容一盏盏爱之灯火,在午夜逼向岁岁宁静的天空。

让我的歌声化为星子，落入谁家静守的召唤。

锁住我梦的花园，该打开的呢喃。

——因为欢笑和泪水都源自尘缘，属于我这个大地善良朴实的儿子。

水之湄

水之湄，荻花的盛开击打沉默。你紧紧追赶的心跳，晾成一根大雁飘飞的羽翎。夕阳中谁也攀缘不上火烧云。

掸落灰尘独坐，品味时光悄悄的流落。

此时此刻，没有比走进水之湄更令人亲切感动，仿佛一次洗礼，昭示着一种甜蜜的幸福。

从容想念往事，不受任何干扰，唯河水依旧流淌着被山花醉香的谣曲。只是血液奔涌，谁能够捉住昨天冰冷的泪痕？

我听见大地传遍唇语，就像我享受水之湄清新美丽的风景，至少与我有缘。

我祈祷明天的阳光温暖依旧，吉祥的灯盏永远高挂在四季的枝头。

栀子花

　　睡在梦的摇篮，月光飞翔成一首蓝色歌谣，栀子花亲切而纯洁的芬芳水一样地弥漫。谁于今夜敞开心扉，听淅沥的风语绽开朵朵美丽？

　　红尘之外，究竟有什么能真正地感动心灵？顺着栀子花的指引，谁看清素朴的容颜，照得见一沓往昔的诗稿？

　　这缕渺远的叹息，湿漉漉的忧伤，被哪位红袖柔软地握住，穿过多少幻境，温暖如烛，缤纷依旧。

　　仰望灵魂的居所，栀子花平凡的一生聚拢激情又放飞祈祷。在我的诗行里，欲吐还休的话，只留给栀子花小小的晶莹的幸福。

横　笛

　　秋夜深沉若井，有一缕笛音破空而来，如一些湿了翅膀的鸟儿，飞入多少扇敞开的窗户。这是应露水之约，应矢车菊之约，从那只小舟飘来的歌声，漾着女子浅浅的笑靥，于月光的铜镜面前，回荡成串串不绝的风铃。

此刻有谁能躲开这明眸皓齿的光彩？冷霜闪着清辉，银镰的光芒交织在一起，一棵树在旷野上迎风吆喝。

而敏感的是往事之巢，被横笛遗落的音符啄破。尽管西风强劲，落叶纷纷，亲切的怀念仿佛初生的炉火，小屋里，溢满温情的红酒，淡淡的醺醉。

是什么样的到来紧贴着疼痛，轻拢秋夜之翼？

弯　月

一镰银月，挂在秋夜的深处。

总是在梦中，被这种一茬一茬的热望感动得流泪。虽没有比愁还轻的小舟，也没有如网的箫声，但一波波的涟漪绽开又回荡，弯月的力量总在秋水的悸动里。

望不穿的眸子，是口古井，而说不尽的弯月，怎样形容，也难以悟透岁月的启示。

当我孤独，弯月就是一把老吉他；当我老去，弯月就是一只纸鸢，在炉旁细数放飞的旅程。

野　菊

野菊的芬芳，弥漫着我思念家园的方向。

虽不起眼，却一朵连着一朵，在我目光的经纬上，民谣如水汩汩而来，淋湿我眺望远方那缕纷乱的心绪。

如扑翅之鸟，幽蓝的亮泽，被谁握住这湿漉漉的忧伤？

异乡人，看见了野菊，母亲的叮咛又在撞击。

打开所有的门，迎接饱尝苦难终于来临的幸福。

这个夜晚

这个夜晚，自鸣钟敲响寂寞的回音，高雅的钢琴冷清地散落着忧郁的符号，使自己赤裸如尾鱼，溯游在夜以及音乐的水流中。

聆听。有一种渴望叩击着心扉，顺着水草潮湿的芬芳，泪开始凝结成闪烁的星辰。情感的小舟漂泊无系，桨声悠悠的只是千古不变的歌谣。

故乡的归路已被夜桎梏着，锈迹斑斑。一支横箫兀自在唐诗宋词的余韵里低回地吟着，箫音是网，有七只小鸟婉约歌唱。哦，骑马的汉子，那水草茂盛的地方，那青鸟衔着的红豆，都不能让你扭转头去，嗒嗒的马蹄声总无缘无故地失落在梦的荒原。

当时间踮着脚从我们身旁悄悄溜走，你为什么痴痴凝望圆月，为什么还不策马而归？

旅人，日子白蝴蝶般飘逝，使你成为季节中一道绝佳的风景。此时，这个夜晚有股莫名的强大的力量，如地下的滚滚熔岩，左冲右突，寻找出口。

箫　声

黄昏之鸟纷纷归巢。秋风熄灭了最后一朵火焰。箫声，你的每一颗音符在水灵灵地颤动，像硕大的露珠在我们的心叶上滚来滚去，使我们的日子充满了芬芳。

别问是什么曲子，这些涌动的波涛，卷起的浪花是多么纯净和忧伤。别问是谁独守秋夜，比梦更长，这些翩翩的蝴蝶在月光下张开玉色的翅膀。

箫声使我们返回古典时节，像诗笺一样给予我们落寞的笑容。英雄远去，知音不再，而谁还坚持着自己耳朵的倾听？

箫声，幽谷里的兰草，溪水下的石头，你的生命长满绿叶！

鸽　子

小小的鸽子，我为你祈祷和平。昔日的战火如毒蛇一样蔓延，多少晶莹的梦想不堪一击，当我回首，我的泪水已流不出一丝清澈，黯然神伤的是荒草萋萋的背景。

鸽子，你孤独地飞翔，在空中开放优美的花朵，让我仰望的目光无法抗拒，扶直我简单而凝长的呼吸。

鸽子，该怎样深入你的心胸，撷取一缕回荡不息的激情；或者看你无与伦比的美，让四季溢出酒一样的酡红，怀抱爱情、民谣和跳动的心灵。

这只鸽子，毕加索的纪念品，和平之神，与你守护这片神圣的天空！

走进音乐

从一个低音开始。今夜，灵魂像花朵渐次打开。我的心是一只舟子，在音乐的潮水中流浪。

因你，我的心不再布满荒草，我的青春长成一棵葱郁的大树。

你穿着美丽的彩衣，翩翩飞来，掀起片片银色的月光，以火焰的光辉抚平我疼痛的伤口。

你给了我一个清洁的世界，一副圣洁的精神。你的模样，就像蒙娜丽莎神秘的微笑，谁能够描绘？

守住你，像守住多年不忍舍弃的一场初恋。

今夜，我热泪盈眶，为你写下的散文诗像鱼群一样，游进你的怀抱。

鹰

鹰，像一团闪电。

紫色的闪电，撕开天空巨大的帷幕，张翅飞来。

西风飒飒。苍凉的鸣叫震撼着大地，横扫乌云暴雨。双眸生寒，映出一点落寞的影子。气息灼热燃烧着生命激荡的梦想。

鹰穿越城市多少仰望的目光。

鹰独自飞翔独自浪迹天涯。

寻找圣火！

鹰，风中的利爪闪亮，两束驱散迷雾的利箭之光，亘古不灭。

低语的乡村

站在废墟里观察阳光,是多么悲伤的事情。

沉睡的房子

一共是四间房子,三间朝南,一间朝北;一条浅浅的小河从门前绕过。

不用多说,就知道这是我童年的老屋。一直以来,它总在我的梦中,若隐若现。有时候,我看见它的墙角似乎有了一丝裂缝,但它只是笑着点点头,让一株牵牛花搂住根基。

子女四处流离,房子还在苦苦支撑。它就像一朵悬浮的云,在我的眼窝,飘来飘去。

只有到了夜晚，它才收拾一天的灰尘，让我回到最初的角落，如一柄生锈的锄头，在暗处一点点闪现微光。

忆

请让我停止流浪，请让我在一朵花蕊中含苞待放。现在，我只想静静地体验一回甜蜜，像蜜蜂一样贪婪，吮吸着芬芳的血浆。

我爱上了在桃树下来回走动的少女，情不自禁地走过去。我要看看她的微笑和唇语，是不是如我所想——

忍着微微的酸楚和可怕的力量。

如果可以，我愿做她脸上的一块雀斑。她每天必须面对我的存在，真实、有力，无法拆散。但我不会看着她年轻、漫长的忧愁而满不在乎，我会迅速风化。

甚至就是一个缥缈的梦，彼此未曾相见，早已形同陌路。

低语的乡村

起初我不赞同知了是乡村多情的歌手。

后来去过许多地方，无论走到哪里，我的耳郭旁边，仿佛总有一只知了，在不停地叫着。它用一根看不见的刺，扎进我的血管。但我没有惊惧、恐慌，反而听到了它的喃喃低语，随同树叶一起抖动。

它是那样有力，大风也无法撼动。即使我直接面对，它还是如此安静，像一尊可爱的小兽。先是一只知了，过一会儿，就是一群知了，散落在乡村的四面八方。

它们年复一年，唤醒阳光、雨露，还有满腹的爱情正在欢唱。

危　机

这里刚下过大雨，道路泥泞，一头老牛在坡上抬起头来。

这里光秃秃的，什么都没有。就连一蓬野草也在三米之外的地方，疏落地站着。

遇见这头老牛时，我正在蹒跚着攀登，默默平息内心的愤怒。它一步一个脚印，从容而又稳健，每一下响起的蹄声，都仿佛落到了我的心上。

还有它打着响鼻的热气，将这个乡村的清晨，渐渐温暖起来。

它终于渡过了一场危机。我庆幸，我是唯一与老牛同行的人。只是当自己面对艰难，一想到老牛湿润而又幸福的目光，我就倍感羞愧，我的步子越走越慌。

废墟里的阳光

我敢肯定，站在一堆废墟里观察阳光，这是多么悲伤的事情。

事实上，很多年以前，这些破碎的阳光，就在我的脑海里挥之不去。我被惊呆了，却又无力拾取它们的骨肉。

一朵阳光与另一朵阳光之间，有着某种神秘的联系。它们欢快地跳舞，像水妖的长发，无穷无尽，聚拢又分散。

当然，我拒绝清醒的记忆，情愿它们就这样，在一场大雾中慢慢散去。我如同一根三叶草，细小、甜蜜并深深地孤独着。这片倒塌的废墟，正是我养育思念的牧场。

那一天我独自流连，又轻又薄的阳光灌满内心。我只有与它们靠得更近，才能看清远方，像美好的生命一样，脆弱而安详。

倾听阳光走过的声音

酒慢慢凉了,连同往事都一道走远。

河水那样流着

一只小鸟从河面上悄悄掠过,它孤单的鸣叫,溅湿了我的全身。

我守在这里,在一枚石子搅乱的水花中,不再寻找沉重的夕阳,也不去追寻风中的翅膀。还有一株小小的树,与我齐声欢歌。

我是一个伟大的指挥家,听从内心的召唤;我的十指之间,燃起无数朵火焰,每一朵,都绣满与生俱来的疼痛与幸福。

平静的河水啊，什么时候才能目睹马群一样的呼啸，挟雷而至，让我真实地存在或是消逝？

夜来故人欢

来吧，请和我饮了这杯酒。我要说一说你卑微而暗淡的伤痕，说一说它一无是处，说一说它为什么把你压扁，而又落下，像一朵枯萎的花。

事实上，我和你坐在夜晚的深处，什么都没有说。酒慢慢凉了，连同往事都一道走远。

如果你离开，请不要辞别。我永远在浓烈的醉意中，握住你的手，不会毫无顾忌地追问："你还是你吗？"

江山远

想到江山，就有一层肃杀之意在体内旋转，却总是不由自主地接近，或许抵达，像一柄剑，刺向它沉默的深处。

这里还会流出汩汩的泉水吗？这里还会绽开新鲜的嫩芽吗？这里还有我，心高气傲，而又何曾不想抱住暖暖的春风？

在一张纸上，江山已远。正如你的背影，就在我惆怅的瞬间，被一扇门打开，又被一阵风，吹落了一地叹息，轻扬而去。

温暖的尘世

守住一尾鱼游动的月光，守住微风中轻轻落下的几片薄霜，甚至必须守住我内心的火焰。它们缓慢而蓬勃地燃烧，让生活的灶台，溢出喜悦的眼泪。

我还要学会放弃，比如小小的伤害，在某个夜晚，随着一盏茶水，凉了下去。在这个尘世，除了爱、亲人，还有什么不能松开？

站在这里，也许我就是一棵树，高大、笔直，我与世界保持着神秘的联系。在银色的光芒里，一次次被自己感动，被漫无边际的歌声感动。直到退去，与大地一同熔化。

上岸的鱼

在沙滩上，我缓慢而持久地扭动，像一个醉汉，不问来路和归途。

我完全可以在水中安享天命，从容地度过后半生。也有一群真正的朋友，与我一起吐着欢乐的泡泡，有时候还跳出优雅的舞步。

可为什么我独自离开熟悉的海水，在岸上大口呼吸，徒劳地挣扎，像一棵快要折断的水草？我的命运，究竟属于我吗？

一条受伤的鱼，不死的眼睛，和睁开一样，屈服、躲闪，穿过浪花旖旎的梦境。

会行走的树

它一直扎在这里，像是我的守护神。年年岁岁，守着我的收成，守着我的爱情、生活和幸福，还有一汪浅浅的愁。

它是高大的，君子一般坦荡。它的歌声，安详而又充满蓬勃的力量。这一切多么迷人！我不由自主地爱上了它，随着徐徐展开的臂膀，可以站得很高，看得更远。

在它搬来的光阴中，我习惯缓慢地抒情，如蝶翩翩飞舞。一到夜晚，它的身上就会飘满伤感，在梦中一次次带着我，拔腿狂奔。

我们把世界留在身后，摘下一片一片时光的叶子，醉在他乡。

冻土地带

它是如此坚硬,把所有的缝隙都堵塞起来,像是焊接的铁板,无情地封住大地宽阔的喉咙。

我知道,在它冰冷的内心,还有一道河流百转千回,向着远方日夜奔波。也许捎去一封带有体温的书信,随同一片落叶,抵达村庄芬芳的梦境。

灯火渐次亮了。如果谁发出一声冗长的叹息,它会不会缓慢地震颤,并由此开裂、折断,像一截枯枝,敲响一面沉睡的天空?

当微凉的二月迈着小碎步,匆匆而来,鱼苗追逐着水花,翠鸟扇动翅膀,唯有,这棵高大的槐树,还在它的怀抱,扬起一片片新生的嫩芽。

倾听阳光走过的声音

阳光走过的时候,我的体内是不是铺满了黄金的钟声?我看见一串晶莹的露珠,在高高的枝头,被几声清脆的鸟鸣,轻轻啄破。

　　这蔓延的阳光，像是浓得化不开的新茶。我热烈地亲吻，未饮而已先醉。渗进骨头里的温暖，让我没有理由，去歧视阴暗，把自己折腾得疲惫不堪。

　　如果抓住一把清脆的阳光，怎能轻易地松开？必须把这些调皮的孩子养育长大，无论多少年过去，我还是听到阳光的歌唱，一层一层，袅袅上升……

　　在前方，一缕漾开的阳光，随同南风扭动着小蛮腰。我更愿意是一只咩咩叫着的羊羔，一边咀嚼新鲜的青草，一边聆听谁的呼唤，让善良的眼睛不受伤害。

冬　至

　　请让我学会弹琴，用颤抖的琴声，为远行的亲人们送去吉祥的灯盏、光明的火把，还有感恩和抚慰。

　　请让我学会酿酒，用银色的杯盏，为先人呈上浓郁的酒香、莹澈的波纹，以及怀念与梦想。

　　面对他们，我一点点地剥下自己坚硬的外壳，拔去细小的刺，我的灵魂露出充盈而又丰润的果实。

　　今夜，我要燃亮漫天的星辰，等到故乡传来的吆喝——祈祷、祝福，打开春天的门闩，让滋润的福泽，河水一般缓缓流动。

我愿意，我真的愿意

黑夜漫漫，它们像一群蝙蝠，穿过一个人无边的梦境。更大的风，无法伸展一对雪亮的利爪，揪扯往事。

看一看黑夜，我如一只静立的瓷瓶，这微微的晃动，是多么不易察觉。一滴水溢了出来，一毫克的疼，悄无声息地蒸发。

在一年最后的时刻，我愿意敞开笑脸。哪怕是一朵小小的昙花，也要捧出火焰的种子，让光明的女儿，一分钟比一分钟甜蜜、绽放、沁香。

我真的愿意，短暂且热烈地，在你又深又亮的眼睛里，与一汪泪水相逢。

风从背后吹来

我守住的黑夜，还能相信谁，正在倾听忏悔和祈祷？唯一要做的事，是让多年前搁置的歌唱，不再重复变质的音调。

风一阵阵地刮来，一片刈后的土地，那无限的辉煌不见踪影，让一个稻草人缓缓垂下疲惫的臂膀。

夜晚刷上了一层油漆。在风中，一块石头躲到我的内心，似乎只有保持坚硬的镇压，才能平息奔跑的身影。

我的背后，巨人的拳头一次次狠狠地挥动。但我怎能怀疑，还有一只飞鸟的鸣叫，在星空下，清脆如烟？

兰之语

蜂蝶早已远去，我还在啜饮芬芳。我的贪婪，在醒着的唇上，停不下来。

整个山谷，只有我抱紧你的花蕊，一点点地颤动。我虚弱的痛苦，在你恬静的微笑之中，显得多么矫情。看上去，我多像一只金龟子，一边赶着落日，一边疯狂地掠取你的秘密。

兰，为什么一瓣又一瓣覆盖我的身体？仿佛一场宿命，我们默默忍受，都被秋风的鞭子，赶到各自适宜的他乡。

南方以南

谁持一根钓竿,钓一江秋色,三千里波纹?

南方以南

一桨,一橹,一只乌篷船。时光缓缓地流过……

仿佛听见,谁的笑声,浅浅地漾出梦境。此刻,青莲盛开,芳香四溢,整个村庄都浸泡在巨大且潮湿的呼吸里。

我不敢大声说爱,却抑制不住地欢喜。这样的欢喜,圣洁、静谧,连少年的心跳都清晰可辨。沿着一汪月色,撑一支长篙,驶进宋词的深处。

如果你来,我会在弦上停留,像音符晶莹闪亮;如果你来,我一定陪伴在你的身边，以灼灼燃烧的姿态擦亮江南的天空和不老的传奇。

南方以南，先人隐去。谁持一根雪白的钓竿，钓一江秋色，三千里的波纹？

南方以南，一帧剪影。我一个人听雨、抚琴、品茗，怀念一段从前慢的生活。

属于我的南方知道，一位叫梅的女子还在等待。

动　物

爱上一头狮子，它在荒原漫步，很快就会投入一场惊心动魄的战斗。

我也爱上一只猫，它在屋顶潜伏，可以不发出一丝轻微的声响。

壮硕的抑或渺小的动物，都令我感叹、敬畏。

在岁月的角落，无论哪一种动物，都会让我听到一阵阵低沉的吼叫以及无声的呐喊。

一片一片，落到心底，像是天然酒窖里沉淀的时光。

从草的嫩芽开始

　　一棵草和另一棵草窃窃私语，它们说着什么，被春风偷听到了。
　　这春天的信使，到处传播，仿佛发布一道神的旨意。
　　其实不就是从草的嫩芽开始，万物生长，世界恢复律动和秩序吗？
　　那些蛰伏的小虫，纷纷从巢穴里蹦跳出来；那些筑在树梢的鸟窝，顿时有了叽叽喳喳的热闹和温暖。
　　在又嫩又细的草尖上，一滴露珠托起了一枚火红的太阳。

一隅清幽

　　脱掉阳光的袈裟，暮色一点点慢下来。
　　花开三朵，一个人的思念逐渐重了。彼此之间的距离，也没有逃过花瓣的眼睛，它兀自开放，仿佛挨着我坐下。
　　久违的老朋友，不用说话，都能感受到对方的欢喜与烦忧。
　　回忆，灯光，一泓清澈的泉水。

请允许我这样优雅而寂静地老去,身处江南一隅,做一座凉亭,守住三尺之内的清凉与花香。

生来彷徨

打雷了,下雨了,清明这天泪雨滂沱。

我在屋内走来走去,一个六神无主的人,怎么还有资格去抱怨老天?

人一旦出生,来也彷徨,去也彷徨。

我是敏感且固执的人,此刻,一遍遍地擦拭着木地板,似乎要使满腔的怨气,在劳累的疲倦中,消失殆尽。

我感觉从眼睛里飞出一只蝴蝶,从天地间挣脱什么,雨停了,风暖了。

那些隐藏秘密的人,我不羡慕,也不轻视。我只是在生活中打捞勇气的人,像是啄木鸟,围着大树,笃笃声声。

春风十里

此刻，月光拴住一匹枣红马。

桃 花

阳光的瀑布三千丈。
桃花张开粉嘟嘟的嘴唇，一饮而尽……

春天的绣房，多少好女孩待字闺中。
与最初的雨告别，谁盈盈一笑，越过了万水千山？

杏　花

一串杏花，不急不慢，正好砸在哥哥的头顶。
瞧，他暗自发怔，染上一场相思病。

此刻，月光拴住一匹枣红马。
一朵杏花偷偷溜出墙，娇羞的芳香暴露了她的影踪。

红牡丹

公园里的红牡丹，成群结队地开了。
我熟悉她们，宛如熟悉美丽而多情的姐妹。

在时光里，风姿绰约。
她们静静地弹奏着，梦之竖琴。

垂丝海棠

海棠伸长钓竿。
一尾尾活蹦乱跳的鱼,纷纷上了树。

今夜,一个失眠的人,
像垂丝海棠一样,悄悄地钓走时间的暗伤。

寂静的天空

一枚钉子,把我按在雪白的墙壁上。

声　线

独坐着,一支乐曲在耳边缓慢地旋绕,似乎一只蝴蝶,飞来飞去。

仿佛我的存在,本身就毫无意义。对于秋天的热爱,我不比诗歌多几分;对于尘世的赞美,我需要保持足够的温度。

一颗微弱的音符,像一枚钉子,把我按在雪白的墙壁上。

就连影子也在努力挣扎,但又怎能打开扭结的声带?我拼命地喊出了一声,那空茫、轻邈的回音,把我吓了一跳。

我对自己的呼唤，如此陌生而又怀疑，并将继续怀疑下去。

一个下午的泡沫

这么多年，我一直试图跟上时光的步伐，坚定，从容，不缓不疾。

事实上，这是我向往的姿态。守在岸边，我又如何不被风浪卷走？

我的身体似乎缺少了一些东西，比如一块冷铁、一粒盐，相互摩擦与交融，彼此排斥又渴望，与我有关，制造一场思念的灾难。

所怀念的不仅仅是一个名字、一件事情，我没有过多的力气，承载已经消逝的浪花。

一个下午，像一座礁石，在狰狞的面相背后，还紧紧地挽住一圈又一圈的泡沫。

在故乡，你该怎样转身

转身的时候，一不留神，被袅袅的炊烟呛了一口，很多年，我都期望着幼小的胸腔不再颤抖。

可是，春天一次又一次来了。我常常梦见飞翔在油菜花地里，如一只蜜蜂，忙碌地搬运着雨水和甜蜜的幸福。当我醒了，折断的羽翼又在哪里？

我淤积的忧伤，很轻很轻，怎能捧住守在村口的老槐树，挂着的一滴露珠？它欲落还休的样子，比我的眼睛还要透明。

故乡啊，你让我的心在泥土发芽。年复一年，朝着你扬起的风向，我渴望一个怀抱，深深的，不离不弃。

慢动作

把一张旧日的唱片送到旋转的位置，慢下来，请再慢下来。

我要看到一些飘忽的身影，渐渐清晰，像水汽漫过一样，还袒露出一团花萼，爆裂地尖叫。

慢下来，我相信我是夜晚的分支。无论走得多远，我都能听见无声的呐喊，在风中，奔波之后，飘落到我的唇上。

我用力吮吸着生活的芳香，还有一枚包裹的痛苦。两排牙齿伤害的现场，早已被打扫干净。

让行走慢下来，哪怕像一朵云挂在树梢，也要成为月亮的一条纱巾，在这大地上，我不再是唯一孤独的事物。

后退的身体

  我把身体分割成两半,一半交给白色的闪电,还有一半拴住奔跑的马匹。
  当我的目光与你遭遇,请原谅,它已不再迸发飞溅的火花。微凉的沉寂,像井水一样摇晃。
  对于辗转多日的异乡,我不会刻下自己的乳名。单薄的身体亏空很多,贫瘠的内心,养育不大一把可爱的笑声。
  只想从天空撤退,如一场燃烧的雪,退得干干净净。我的离别,不是前进,而是回到二月的枝头,和嫩绿的叶子一道轻轻翻身。
  一个毛茸茸的梦,让我仿佛多活了一次,亲爱的家乡把我种在春风里。

九月之末

  这里刚发生过一场风暴,但很快就在我的眼前消失,仿佛不曾从我的内心卷走什么。

也许在某个旷野,它抱着一棵孤零零的树,一起猛烈地摇晃。究竟是谁涨红着脸,为了一次久久的告别,哆嗦着挣扎?

这温良的九月,我不能指责这积怨越来越深。看啊!落叶迈过膝盖,大地一片苍凉,在稀薄的空气中,是否应答昨日的呼唤?

如果就此离开,我确保不再请求天空敞开道路,菊花照亮天涯。一个暗夜离去,又一个黎明新鲜地升起,我要写下最后的挽诗,在一枚压扁的枫叶上,让秋天的眼神静静凉下来。

故事里的树

我确信,这棵树有着温暖的身体。它在长久忧伤的故事中,那么多叶子簌簌抖动。我坦然相对,却一再被它的歌唱,带到远方。

肯定有一个主人公,不忍离弃。他默默承受着抵抗,像一滴水墨,落入时间的长河,不是为了倾听岁月的回音,而是在这阔大的静穆中,找到自己。

他似乎漠视我的存在。一棵树和他的距离,渐行渐远。我也被挤到一旁,像一截横在半空的树杈。存在与消逝,仅仅是眨眼之间剥离的一颗泪珠。

多年之后,我是不是恍若他一般,把痛苦嚼碎,把流云赶到自己的怀抱，在幕后拉长树的身影？

一生中的某一天

　　一生中的某一天，注定要到一朵紫色的花下，放慢步履，那时我踮起足尖，不必担心，风将我吹倒。
　　一生中的某一天，多么庆幸，看见了自己不易察觉的微笑。像影子与我，此消彼长，在大地上忠实地行走，而不多言。
　　一生中的某一天，要在一首诗歌中流浪异乡。无论经历多少改变，我蹩脚的方言，终于完成了最后一句诗行。
　　一生中的某一天，还是不能从这扇窗口离去。我始终相信，一团如火的身影，将我烧得肝肠寸断，带着满腔的疼痛与幸福。
　　一生中的某一天，也许正在到来，或是提前谢幕。如一株稗草，站在田畴中。我只想把阳光雨露揽在怀里，不被外界戳伤。

寂静的天空

　　寂静的天空，我的嗓子收留一滴清脆的鸟鸣，我的影子拖走一枚奔跑的闪电。现在，只剩下一颗心，在仰望天空。这辽阔而轻微的孤独。

我不能挽住亲人们的笑容，也无法喊出他们温暖的名字。那么，请容许我试着改变白云流动的情节，或是删去秋风中的羽毛，我要用匍匐的身体，去弥补一个被时光撞击的黑洞。

从没有感到天空的内部像今天这么空。马群远去了，海豚消失了，一只纸鸢还不忍谢幕。我想起一株树的诞生，就在一刹那，它可以高过屋宇，让我的手臂重新绽放无数朵新芽。

这个时候，我拒绝独自成俑。在干净的深处，梳理着自己斑驳的纹路，流下感恩的泪水。我相信，一团隐隐的鼓声，无须庆典，它也会松开一根潮湿的缰绳。

我有更蓬勃的野心

我有更蓬勃的野心，找出沉睡千年的青铜剑，蘸上热血，在灰暗的天空，让它对着太阳，让它被风反复吹去陈旧的历史；让它的锋刃，为我的一根头发重新闪亮。

我必须与划过的声音保持一致，它的光芒遮住我的眼睛，或是扫过影子。我无路可退，要有大无畏的气概，要有一颗伟大的心，与它对视。那轻轻的一挥啊，多么叫人期待！

从前，我意气风发，卸掉身上沉重的盔甲，既不快乐，但也没有多余的悲伤。而现在，我有更蓬勃的野心，多想吹响骄傲的口哨，让我不再讨论生死，随遇而安。

　　这浑然天成的古剑，被泥沙掩埋。无论岁月如何颠簸，它还是深深地扎进体内。我要把它拔出来，做个决斗和了断。这一刻，谁也不知道我的龙吟，和它如出一辙，兀自盘旋却失去回荡的声音。

活着很好

　　我的生活像一湾河水，缓慢而安静，无论流淌到哪里，都可以看到，几块石子、几株水草，一如从前，没有被时间巨大的胃口吞噬。

　　我仍旧在词语里穿行，在风中抬起倔强的头颅，如果远处送来了一阵桃花的芬芳、玉兰的清香，我抱着疼痛，大口呼吸。哪怕一朵一朵花瓣在雨里飘浮着孤独。

　　我要用枯萎的激情，捻亮小小的火焰。在越来越沉重的命运压迫之前，必须停下想念，放声歌唱，让自己洁净如玉，释放最后的美丽与能量。

　　我依然活得很好，要这薄薄的诗行，习惯我的语调和步伐。

　　最后，我祈求——

　　在一束光中同行，我还喊出你的乳名，你还记得我的绰号。

我不能抱怨这反复无常的生活

无非随时纠正姿势，不能像坐井观天的青蛙一样，做一个孤独的思想家。

无非看到将来的一幕一幕，在我的面前，抖动不停。那些伤感或气愤的事情，早已尘埃落定，即使风更猛烈一些，也不会把它们吹起来，吹得高高的，落入我的眼睛里，让我情不自禁转过身去，从萎缩的泪腺，揉出一股清泉。

无非是把压在胸腔的一块石头，抛到空中，那些微弱的回音，我想无人响应，也毫无遗憾。我庆幸的是搬起石头没有砸自己的脚，我不能捡了芝麻，丢了西瓜。

无非在火热的生活中，像一只蜂飞着，我吻上了幸福的汁液，但还必须继续深入，用一根刺，插向自己的内心。多么可爱的时刻，那最轻的颤抖，竟是这样令我羞愧，仿佛很多年紧绷的防线，突然断裂。

我丝毫用不上一支鹅毛笔，蘸上我的鲜血，在时光的布匹上写下忏悔辞。

这生活，与我狭路相逢，勇者胜！

这生活不紧不慢，正如一列爬坡的火车。

我怀着深深的期待，等着另一个还在奔跑的自己，被我征服。

镜子上的霜

在灯光的另一头,有你,微笑如初。

偶有花落至

最好,梦醒的时候,有一朵小小的花从我的头顶飘落。刹那之间,这个夜晚,突然溢满了芬芳。它来不及躲藏,就被我无情地掠夺。

仿佛我的存在,也有了一点真实的回应,哪怕它是寂寞的歌吟。在这漫长的岁月中,因为花落,我不在乎花期已过,像熟悉的生活脱下了白昼的鞋子。

粉红色的花,姿态轻盈,它究竟飘向了哪里?一段时间以来，似乎我的手指都不自觉地抻直，摆出一个坚定的方向，去捕捉这缕缥缈的叹息。

这个朦胧的世界，它深深地刺痛了我。我多想和它一同隐匿在月光的背后，插起一对洁白的羽翼。

曾经的花，被风吹散，没有谁看见它羞涩的脸颊和无望的泪水。

而我呢，开始抹去自己的脚印。

捣　衣

爱人，要用多少次的扑打才能熨平这件单薄的衣衫？时光，俨然停搁在某段历史的瞬间，又是一年秋老去，我面带沧桑，伫守在寂静的河流。

爱人，要用多少寻觅才能唤回一个走失的人？多少无奈、冲突，甚至是悲伤过后的绝望，我都在独自穿行而又心存不甘。除了一阵又一阵的水花，在梦中悄然流淌，还有什么让我洗亮内心的石头？

爱人，要用多少坚硬的锐器挖掘早已匍匐的身体？要用多少热爱浇灌龟裂的苍穹，才能把我送到柔软的地带？像一棵老柳树，它看到了一切，在风中哼着不变的歌谣。

如今，我的纸上洇开朴素的声音。

我是如此相信，在灯光的另一头，有你，微笑如初。

镜子上的霜

点点的霜，在平滑的镜子表面，竟有了一股清冷且柔和的力量。像这个秋渐渐加深的季节，愈加袒露我的苍白与不安。

多年了，许多暗色的伤口还在不断扩大，没有还原成一枚书签、一只纸鹤，或是一款解不开的结。它们兀自颤抖不停，我怎能看清它们酝酿的秘密，在午夜里出逃，到某个城池缓缓走过？但我相信，它们是有歌声的，属于自己的魂魄，让我切开焦躁的现实，抖搂出新的梦境。

镜子之外，这个人即将老去；镜子之内，这个人痴痴地守候，甚至顾及不上回头，就挥手而过。

我知道，多么残忍而真切的一瞥，仿佛悬而未决的刀锋，一闪即逝。

必须把堆积的霜清扫干净。在这一望无垠的镜子上，我旋转着小小的芭蕾，踮起足尖，越转越远。

宛若水中央

　　如果我是灿灿的莲，是否怀揣着一团燃烧的伤感？站在这平静的水域，我的目光在蜂蝶的吸引和招摇下，显得多么空虚而迷茫。甚至还没有看清它们的身影，我就听到往事的铜钟，被一块石头击中，那些激荡的忧伤不易察觉。

　　我该怎样守住内心的安静？也许阳光洞穿了我，风雨扫荡了我，经历所有苦难之后，我相信自己卑微的灵魂一直响彻着一个声音：好好爱，好好生活。

　　一只小小的红蜻蜓，目睹了我摇曳的身姿，而一言不发。在它善变的复眼中，我似乎隐藏了更多的畏怯，至今还无法走出它闪烁不定的冲杀。

　　那么，让我在流浪的月色里，做一只归来的桨吧。

　　咿呀，咿呀，划过江南。我和它一样，拉长着声调，从此不再承受思念的侵扰。

我在空的内部

无数个他,从不同的方向,扑面而来。

空瓶子

我无意调动翩翩的蝴蝶,排成方阵,在这片灰色的天空,找到回家唯一的方向。

我更无力追赶一抹流云,拧断窗棂,纵身一跃,成为彗星的尾巴。

俨然就是一个空空的酒瓶,它不会轻易放风进来,随着嗒嗒的马蹄声四处走散。

那么还在等待什么?让一滴胭脂进入胸腔,整个夜晚都是一张洁白的宣纸，它的忧伤开始融化，流淌。

它注定是空空的——

没有谁知道，它也不知道，在流浪的途中，怎么一下子就空着，这么久……

只有我抱紧它叮当作响的声音，与它一起慢慢地摇。如此陶醉而清净的样子，把我的心也掏空了。

空镜子

从这面友善的镜子中，我似乎可以找到昨日的微笑与泪水，都是一样的重量。

在它真实的守候中，我会忘记时光折叠的疼痛，像一道石阶，摊开所走的道路。

有时候，我情愿是镜子的一截平面、一颗污点，哪怕是一条断裂的纹路也好。这样，我不用再看别人的脸色行事，也不用瞻前顾后，裸露一个真实的自己。

要是风更大些，我会理好头发；要是雨更狂些，我会戴上毡帽。

在这茫茫的岁月中，我要照顾好自己，剥下伪装，细细清点每一块烙下的疤痕与肋骨。

而你，总能在镜子的另一头，把我拎起，把我抚摸。

空巷子

　　在这幽深的巷子，我一定会遇见一个强大的对手，他拼命击打，而我无处躲闪。

　　只有回击，咬着牙齿，我不会泄露对他莫须有的好感。

　　也许他的存在，才能证明我的孤独；也许他的力量，才是我永远渴求的热望。

　　他为什么不说话，或者对我嗤之以鼻？在他一点就炸的拳头中，还有多少银色的火焰，收敛光芒？

　　无数个他，从不同的方向，扑面而来。

　　如果我离开了，他是否也像当初来去无踪，与春风、秋雨一样淡然无痕？

　　我在巷子里徘徊，从未见过他放弃抵抗。只有一片瓦脊，被雨水越洗越亮，还有一小丛青苔，在风中绿得让人不忍触及。

空椅子

　　椅子一天比一天老去。

在静寂的夜晚，当我转身离去，都会听到它骨节之间的扭动，像一声长长的叹息，黯然、轻邈，而又无力追寻。

只有灰尘，拒绝阴谋。如撒上了一层盐，我能分辨出回忆的温度。

一个人可以带走一切，但带不走这把陈旧的椅子。它的世界，就是几颗螺丝钉还在散发着热力，看上去，比我还要固执，还要危险。

而其实，我多么想舀一匙清凉的月光，把这椅子拆开，再重新构造。在它新的秩序中，还有多少爱值得反复品味，多少恨得以宽宥？

亲人啊，我站在这里，向这椅子，深深地鞠躬、致谢。

空房子

如果给思念腾一个位置，我最先想到的是到这房子中劈柴、生火，让一炉的温暖倾泻而出，响个不停。

这静谧的居所，虽已蛛网密布，尘埃堆积，但我相信，一曲爱的歌谣不会被埋没，无论过了多少年，它还在心底轻轻萦绕。

像白雪融化，静水流深，一切都在美好的弦上，从容踱步。

一座空房子，是岁月的伤口。它需要缓慢而有力地生长，重新拴住自己的血肉。

多好的期待啊！站到这房子的屋檐下，燕子衔泥，穿梭迂回，我只能为春光让路，为阻挡不住的希冀与新生而愧疚不安。

一大片阳光，丈量着房子的面积。三步之内，我守着无辜与欣喜，暗自跳跃。

空袖子

放弃奔跑、行走和孤独的舞蹈。风吹来，一只袖子低垂如朽烂的果实。

那么，还有另一只袖子呢？它究竟在怀念什么，把暗藏的花影一片一片放飞？

事实上，我也躲在袖子的背后，随同低走的光阴，一路流逝。仿佛注定我从来就是一个寂寞、多情的歌者，锈蚀的喉咙里还涌动着滚滚岩浆。

我必须面带微笑，爱到永生。袖子暂时是空的，它装着那么多的酸楚，终究，它会把我拉到天空巨大的旋涡中，以匍匐的姿态御风而翔。

一只袖子，它让我为大地更衣，为星辰点灯，驱赶内心的荒凉，如一棵安静下来的树，铺满绿色。

这朵绽开的花儿，就是你最后的疼痛。

学会慢慢遗忘

学会慢慢遗忘，厨房里的调味盒，在不声不响的节奏中，已经把自己腾空了。它需要等待，而不是快速地填充和还原。

其实恢复它饱满的模样，这很简单，只要在它的小格子内，装上盐、淀粉、还有碎碎的姜，它依然为我烹制生活的大餐。

但现实绝不是这样模糊着重复，比如那些逝去的梦境，是不是在某个角落，像萤火虫掠过草丛，我似乎还没有来得及眨眼，就追着一股风，低低地远去了……

那么，就让我摊开一本崭新的日记本，微红的心事，在纸页之间，一边走一边寻找姹紫嫣红的春天，沿着漫长的地平线，我会不会守着干净的蓝，在一豆星光下，而不肯撤退？这提醒我与我的回忆，对于遗忘本身，我愿意继续保持鹤的姿势，是静止还是飞翔——不用说出任何理由。

车　站

像一次梦游，危险、神秘，来来回回地在这个站台，随意晃荡。没有人向我打招呼，我也不需要向任何人保持微笑，就连警察，也对我视而不见。

有时候，又像一次提前的抵达，在记忆中与自己相遇、握手，甚至抱在一起，但很快就在昏暗的灯光下消失。我想从喧闹的车站里，带走几个和我一样孤独的人。

而确实，我什么都没带，行李已不知道丢在了哪节车厢。我只有瞪大眼睛，在张贴的广告栏上，一遍遍寻找我的名字，我的消息。

远去的火车啊，纵然不能把我带走，也不能将我抛弃！现在，在这空荡无人的站台，只有我用多情的目光，擦亮冰冷的铁轨。

我是在离开站台的时候，听见一声高亢的汽笛，从体内呼啸而出。

　　它潜伏了多长时间，又为什么变得越来越轻？……

铆　钉

　　咬紧牙关，它在忍！它光秃秃的表面，都能折射出我的身影。

　　谁又看到它的力，正慢慢爆发……

　　拉紧，就是它的心跳，也是它的舞蹈；就是它的痛苦，也在欢叫中埋没。

　　一颗小小的铆钉，将我按到雪白的墙壁。挣扎、扭曲，我绝不会在灯下打坐，请求它的宽恕。

　　但岁月不会轻易地放过，我的抵抗、我的愤怒。尽管曾经掏出了卡在喉咙里的骨头，我还是没有把握，剥开铆钉，一颗柔软的内心。

　　过去，忧伤，怀念……

　　未来，憧憬，美丽……

　　我活在当下，被铆钉紧紧地抱住，像一块烧红的炭，我很快在灰烬中，质问着茫茫大地。

蝶恋花

　　我望了望你，一颗心情不自禁地颤抖起来。你，就像一朵受伤的火苗，透明的翅膀掠起一层层热浪。

　　回首来路，哪一段是你沸腾的血液？哪一片是你不忍舍弃的方向？

　　往事如舟，在我的内心搁浅着，也压迫着你单薄而孤独的思念。无论爱在何方，你都穿越风雨，轻声呢喃，从不放弃对花朵的渴望，也从不闭上疲倦的眼眸。就这么轻轻张开，投下深情的吻。

　　滚滚红尘，我与你擦肩而过。像伤口挨着伤口，这朵绽开的花儿，就是你最后的疼痛。

　　我望了望你。

　　在一根潮湿的琴弦上，浅浅的微笑幽梦无痕……

　　莫问归期。走吧，走吧，离开我，你就看不到卡在我喉咙里一块叫喊的石头。

无以为字

你的眼睛在说话,隔了这么远,我听见:"亲爱的,珍重。"为什么眷恋?为什么频频回首?彩色的云绸啊,缠绕着你一路上升。

今夕的岸边,无人来过。一块忧郁的冰,至今没有融化,泛起碎裂的声响。夜晚的背后,一个人苦苦泅渡。仿佛越来越薄的月光,开始砸在头顶。

在哪一扇端坐的窗口,还有一丝清澈的眼神,戳痛你的孤独?

你把花冕丢在尘世,无所牵挂,去打扫梦中的花园。

一万米的远方有什么?你在遗忘中找到自己。

走进苍穹,小雨开始淅沥地落下来,像一把揉碎的琴声。谁与你站在一起?留给你的,是一片混沌的天地,而你不再哭泣。

我坐在这里

在皱纹的河流中,剥掉内心的岩层。

西园夜饮

我没有多余的话要说。现在,我在红尘一饮而醉。

只要不折断那些飘拂的杨柳,摔碎莹白的瓷杯,还有我的心不会出现隐隐的裂纹,我都能够坐拥江山,万里和平。

如果风大了,我袒露胸怀,在肆虐的燃烧下,没有痛苦。

我相信,幽深的梦中还有芬芳的花朵。

我相信,一杯酒能拴住时光抽打的鞭子。

喝酒之前是我,醉酒之后还是我。

我会挥动一把铁镐,在西园里种下一亩月光、三斤绿色以及一升箫声。这相守的滋味,需要无声地忍耐,慢慢地品尝。

细　雨

我试着在这场细雨中去掉修饰,删除隐喻,让它直接有因有果,把疲惫的包袱卸下来。

简单地爱,简单地生活。

我承认,在这个瞬间老去的春天,哭过,笑过,爱过,恨过。

它们的抵达与离去,都在倏忽间。

只是我的内心早已被雨水洗得一尘不染,我低飞的姿态,带着体温,在一枚叶子的正面,是微凉的牵挂,而在反面,就是匍匐的热烈。

夜　语

我坐在这里,和夜晚对话。

这么多年了,我还是这样在一根琴弦上颤抖不安,孤独而深刻。

如果树木的年轮不再扩大，葳郁的记忆不再遗失，我会不会拿出生锈的剪刀，颤动不停？像一件清瘦的衣衫，贯穿着整个夜晚。

有时候我很渺小，在灯火的溺陷中，一个劲地摇晃。

有时候我也很强大，甚至都能捉到影子，在风中一齐歌唱。

对于那些伤害我的人和事，我原谅了它们，也就是解脱了自己。

我和诗的一场泪水

有时候，我想故意制造一些慌乱，看看诗行中蜿蜒起伏的泪水该向哪个方向奔涌。

在山川和原野间呼啸而过，在村庄和田畴间绸带一般舞动。

风雨践踏过，大地埋葬过，可什么样的力量促使这场泪水毫无顾忌地奔跑？弱小、孤单，需要保护，我甚至感觉到，它们都是一群调皮可爱的孩子，我不会独自穿越黑暗，把它们丢在深夜里哭泣。

我会带领它们，在皱起的河流中，剥掉内心的岩层。

自始至终，它们比我沉重得多，但从来一言不发，像热爱生活一样，给我安宁与希望。

尘　埃

穿过时间的熔炉,这些轻飘飘的尘埃为什么顽固不化?为什么不肯撤退得干干净净?

像久违的老朋友,眼里容不得一点沙子,看上去还是那么熟悉和亲切。

但彼此都心照不宣,一粒尘埃也是一颗柔软的灵魂,它面对风云漫卷的生活,从来没有抱怨和委屈。

只有把自己累得疲劳不堪,我才能看到它纯洁的笑脸。

我动用一根根细长的睫毛,扎紧篱笆,把一面镜子的折射之光关在门外。

从不否认,尘埃落定。

喧闹的潮水渐渐隐退,天地是不是可以像一句梦呓,最后安静下来?

我不想说出我的累

用一颗哆嗦的心,敲打不眠的夜。

幻想骑一匹白马

幻想骑一匹白马,从新疆慢慢地走到内蒙古,不用日行百里,就这么踏着四蹄,驮上一个男人。请让我看看天空、白云,还有那片绿得令人心慌的草原。是的,我来了,在一匹白马上,晃荡地来了……

也许走到哪算到哪,好像没什么抱负,但我控制不了一根缰绳,还有怒涨的血液。现在,我与白马形影不离,迟早会在黎明醒来的时候,它比我消逝得更快。

就像神秘的爱情，到来时充满忧伤，离开时，再也不会期待再见。

我不想说出我的累

我不想说出我的累，这是虚伪的借口，是用尽气力却喊不出的一个字。

有一点点累，我可以在灯下漫游，在白天做梦。只是无法告诉你，它到底承载着怎样的重量，一次次，又被我抛弃。

可我找不出它的身影，把或多或少的累随便放逐，如同楔子，牢牢地插在时光的案台。偶尔，我会看到扑闪的冷笑，从面前飞过，又抱住一棵树，赶走几只入巢的鸟。

是不是生活就是这样，一会儿平静，一会儿动荡，还掩藏着被深呼吸抬高的疲惫？

我必须向生活屈服

将灯光洒在角落，用手拍打手，照出一个人，正拂落灰尘，在一沓诗稿中挤出水分。

我不想抠开细小的喉咙，糟蹋一天的粮食，但听到一股刺耳的尖叫，拧成一团。渐渐泛起的胃酸，压下清晰的轰鸣。

　　现在，我还不能弯曲意志，像衰老看见皱纹，苍白看见嘴唇。我念念有词，只是一脸的无辜，越过了葱茏的岁月。

　　我必须向生活屈服，如一株葵花迎向太阳，弯下身子，就把一腔的果实，揉碎在浑圆的心上。

　　什么都不用说，用一堆空壳，装满不肯倾倒的颤抖。

偶　记

　　陌生的闯入者，我注意到，那不是我真正想要的……

　　这一天，我不断提醒自己，像一把犁，在田畴开来开去。

　　风吹过清凉的气息，万物向上。我拒绝腐烂，也不说怜悯，以四十五度的姿势，赶在入梅之前，淅淅沥沥地落一场雨。

　　只是，转身离去啊，需要多少只时光的器皿，蓄积着热血！昨天，住在一缕薄雾之中，我已经轻轻地走过。

绕着地球转一圈

沿着赤道,沿着北回归线,不坐车、不乘船,就凭一双脚,不停地走下去,磨平越来越轻的忧伤。

我把罗盘丢到沙漠,我远离城市,也不去解开村庄的纽扣。此刻,毫无目标,只是一个劲地低头赶路。

像那些小小的蒲公英,被风吹得很远。我可以追逐一片蔚蓝的天空,但此时,成为一朵蒲公英,在沙尘暴的包围中,移动着阴凉。

无论走到哪里,我都无法躲避寂静的伤害。直到五脏衰竭,直到枯草封住眼帘,还会看到,我没把自己折磨够。

每天反省一小会儿

事实上,这是我一天最为安静的时候,三秒钟、三分钟……

我可以不想漂亮的词句,就这么默然地坐在夜晚的一边,被整个世界打动。

想一想,今天是否碰到了一群意气风发的蚂蚁,然后用敏锐的触角,去把它们当作朋友;也会搬开密集的雨水,请蚂蚁浩荡地走出巢穴。

更长的时间无法坚持!比如三个小时,我会感觉倦乏,甚至莫名地烦躁,很快失去反省的冲动。如果白天能有一个梦就好了,至少说明我还迷恋着生活的清香。

趁着痛苦尚未到来,我如一只笨拙的壁虎,在冰冷的墙壁,留下一条断尾,看上去和月光一样轻盈。

允许我闭紧嘴巴

请把我忘记,我已不再年轻,不再充满欲望。像一双穿了很久的袜子,迟早会被丢弃。

我不去撞响那宏阔的钟声,也不唤醒沉睡的鸟鸣。天色很深,在一杯透明的茶水中晃动,我抿一小口,至此关上了两排牙齿。

但不要认为我不会说话,我只是放弃表达,退守到最初的枝头,更不需要,吹起一串串快乐的泡泡。

暂时失语吧!正如我从未指望泪流满面一样。此刻,我闭紧嘴巴,用一颗哆嗦的心,敲打不眠的夜。

一旦开口说话,所有的努力,连同无数次拼命的回眸,就都无处躲藏。

我不是多情的人

如果以为我是多情的人,请原谅,那不是我喜爱这种情调。

其实一直很困惑,晚风吹拂的山谷,蝴蝶都应该折起整齐的翅膀,可偏偏,在无望的追逐中,将自己一点点伤害。

仿佛夜的尽头,出现了某种神秘的声音。先是捻断蟋蟀的胡须,接着归于平静,在微寒的逆光上,爱与背叛相互摩擦。有人记住或者忘却,都不过转瞬之间,咫尺天涯。

我不会轻易地放弃卑微和胆怯,那是一种独守的能量,寻找有限的怀抱。我庆幸,不是一条小菜蛇,向着浅浅的水沟,被一根棍子追撵得不知所措。

彼此注视,不需要偿还相互折磨的情债,像一只海螺,孤零零地落在沙滩上,迟早要被沙砾,塞满倾听的耳朵。

给我一记响亮的耳光

不知道写些什么,那么给我一记响亮的耳光,像消灭一只蚊子,简单得让人不敢相信。原来我的手不作壁上观,还能甩出久藏的重量。

被巴掌拍醒，或许清醒了片刻，这样不用自恋自狂，远离寂寞的歌唱。请不要拉住我的手，无论生活多么沉重而散漫，且拈一枚棋子，就在混沌的棋局中，闲庭信步。

且宽慰，我不随便伤害自己与每一个相遇的人，剩下一副多余的皮囊，和时光握手言和。我的双手反复地清洗，似乎总是不安，在雪白的墙上，抠出深深的伤口。

我会燃起无数盏红灯笼，照亮这个暗夜。像两排左右对齐的纽扣，找准对接的位置，有时恰到好处，有时又只能深深地凝望，放弃最后碰撞的回响。

在光影中奔跑的人

我的心在低低地飞,并不回头。

光阴的故事

在冬日暖暖的阳光里,你坐着陪我,静静的,不说话。你的存在就像围在我脖子上的丝巾,细腻、真实和温暖。

我们什么时候开始相爱?你的身影,还是在那个雾气弥漫的清晨,准时出现在我的门口。我笑了,你也笑了。日子就这样相互搀扶,一路前行。

这么多年,记忆慢慢老去,爱还是像一簇燃烧的火焰,在嫩芽萌动。你在我的身边,我感到幸福,不用千言万语,也能挡住汹涌的风声，一朵最美的花，开得心很烫。

其实我们从没有说过爱情。我知道，就是问了"你爱我吗？"，你也不会回答，只是用四十年的时光，带我走进一片辽阔的疆场，被你攥紧的手，悄悄传递温柔的力量。

亲爱的，就让我轻轻地喊出这一声吧。无论岁月如何流逝，我已经看见，春天万紫千红地走来，共同守候的季节，新鲜如初。未来或者更远，爱自由地呼吸，让我离你近一点，再近一点，被你吐出的热气包围。

在光影中奔跑的人

在光影中奔跑的人，比风还要快。他最先抵达我的面前，带着一脸嘲笑，我无法保持安静，想伸手抓住这个又丑又坏的孩子。

他蹦蹦跳跳地穿过白昼与黑夜，飞翔，是另一种欲望。一座江山，让他张开左边的翅膀，沿着光明的阶梯上升，右边，陷入深渊。

他夹在中间，没有意识到堕落的危险。年轻的心——洋溢着抑制不住的欢乐，在时间铁青着脸的气息中，不落痕迹。

他是十年前的我自己，无所畏惧，一路捡拾破裂的碎片，而从不扎手和流血。现在，我缩着胳膊，对什么事物都心存排斥，常常不是跌倒，就是留下或深或浅的伤痕。

　　直到今天，我还是拒绝微笑。看一看他在奔跑、吹口哨，我对自己陌生而又怀疑，满怀空空的伤感，在大地上疲倦地仰望蓝天。

岫壑浮云

　　如何捧起你高邈的火焰，给我一束温暖的光明？远空寂静的黑洞深不可测，我还剩下一丁点的恐惧，一直徘徊，在这茫茫的尽头。

　　岁月的风声，一口口咬着微红的果实，沉默的疼痛，被小虫不停地拱着，但发不出一丝可怜的叫喊。红尘与土，哪一个埋葬着我的青春年华？像浮云，聚集着多少火热的目光，又被谁无情地抛弃？

　　今生，我从你的身下走过，注定忧伤一次，沉醉一次，仇恨一次。爱就是万缕青丝，眨眼之间，就是苍苍白发，如白雪消融，一切归于不露声色的平静。

　　一片流离失所的云，沿着七色马车碾压的辙迹，悄悄坠下，究竟要往何处而去，唤醒冬眠的所有柔情？

　　我看见我的心在低低地飞，带走一盏灯、一个人，并不回头。

一朝芳草碧连天

　　这里微风吹着，乱了我的头发，或深或浅的心事，在无垠的草原上拂过青青的草尖。我知道，这一刻，可以尽情地奔跑、撒野、打滚。我分明什么都没有做，任时光在身旁静静地流淌，像远处的一缕炊烟，在遗忘的路上。

　　如果还有寂寞，我却无法诉说；如果还有伤痕，我也无法毁灭。

　　月光下的露珠，越来越薄。我在草原的怀里搂紧走失的羊羔，漫溢道德、感恩和善良，就像这只小羊噙着的泪，有一点点无辜，还有长久抖动的不安。

　　然而这是一个潮湿的季节，草绿得心慌，大片的草挤在一起呼吸。仿佛一个巨大的胸腔，让我感到沉重的鼓点，起起伏伏。哪怕我也是那一根小草，迅疾得如一团呼啸的闪电，在茫茫草原上追赶无羁的河流。

或许我们都在等待

或许我们都在等待，等待一匹马，呼啸而至，驮来春天深处的第一声响雷。

我静静地凝望，一匹马是真正的诗人。向它致敬，像它一般打量这个世界，从容、宽宥——那么多的悲伤装进内心，那么多的幸福，随着青草一路起伏，哪怕一只小小的蚂蚱，也会感受它的欢乐；哪怕一粒尘埃，也会捧住它的疼痛。

瞧，在月光下，一匹马长鬃发亮，仿佛夜晚的守护神。一匹马听从岁月的感召，从不丢弃嗒嗒的马蹄声。

所以至今，我们都在等待，梦中之马为我转身。一个人的荒原，十万朵格桑花，与祖国的心房连在一起。

行走的灯火

我会握住一把鸟鸣,在你耳边放飞。

1

无数只麻雀,穿过我的耳朵。瞬间,羽毛落了一地。我竟怀疑,是猎枪走火的缘故。

2

今夜的山冈,乱石培养了冷冷的打手。一弯新月卷起的睫毛,又轻又薄……

一条蛇正在产卵,另一条蛇向远处滑去。

3

我一边嚼着花生米,一边静静地想你。一杯酒,不知不觉就空了。

你来与不来,我都燃着了一把火。

4

窗外的风铃,闭上红润的唇。万物悄无声息,蝉儿发情般叫得正欢。

我握紧一个名字,直到手心渐渐渗出汗来。

5

微凉的白纸,刮起了一阵旋风。刚刚涂抹的字句,被谁偷走了记忆?

燃起的一支烟,早就对江湖不感兴趣。

6

行走的灯火,躺在眼睛里。人没有尾巴,影子忽短忽长。
扬州城,两只耳环开始大摇大摆。

7

你有着老虎的斑纹,你有着韭菜的疯狂。你有着纯净的湖水,你有着万丈的深渊。

我一无所有,但不代表没有一小片闪电。

8

现在我拒绝歌唱。一遍遍擦去剑上的锈迹,越磨越亮,照得出一个清瘦的身影。

仿佛穿过了广袤的沙漠,我要大口大口地喝水。

9

我来迟了,没有看到疯长的紫云英。衣袂飘飘的往事,卷起了裤脚。

红裙子一样的日子,在风中奔跑。

10

多希望,我早点听见啄木鸟的叫声。在清爽的黎明,不再和虫儿一道醒来。

一圈圈的年轮,像剥不下的忧伤。

11

我在怀疑,风到底是不是往北边吹。这似乎有点奇怪,我爱琢磨没有答案的命题。

事实上,我像一朵格桑花开在祖国的版图上。

12

我不能停止悲伤,在机床上被车刀削过,无论棱角多么光滑,还是想起素面朝天的模样。

现在,我怀疑、忧虑,寻找另一个自己。

13

  如果失去了你,我无法做到百毒不侵。我需要这些尖锐的刺,保护颤动的心。
  一旦猛兽扑上来,我就会首先把你紧紧地抱着。

14

  你肯定以为我是逃避,比任何时候都更迅疾。我不想辩解,只用一双眼睛默默地凝望你。
  如果你幸福了,我也幸福了。

15

  大雨冲散了鸟群,把我关在屋内。远去的青山,不需要名片。

思念像一味中药，赶走我脸上堆积的色斑。

16

我的脑海中，经常晃悠着一头狼。好不容易找到石块，却找不到狼的踪影。

不把它消灭，就有绿莹莹的目光一直闪烁。

17

从相识开始，我只要一亩田畴。种上苜蓿，开成一片紫色的花海。

无论离别多么痛苦，我都把芳香留给你。

18

一千只鸟喊出春天，一万簇火光奔袭夜晚。从梦中醒来，我总为事物的矛盾而心神不定。

只是每次看我,都比前一天苍老得更快。

19

我是木讷的人,幻想着把嘴巴变成大喇叭,整天围着你,不停地说话。

直到你厌烦了——或许这是离开最愚蠢的理由。

20

你不会相信,我如今不懂得哭泣。是不是伤害比尘埃还轻,是不是蚂蚁把我拖回巢穴?

在暗无天日的幽宫中,我像一支单簧管呜咽作响。

21

为什么刚刚开始,就要结束?看上去是个伪命题,一切不可捉摸。

我向远方飘去,爱上眼睛里的一片微光。

22

他们都在打铁,飞溅的火光灼伤岁月。我在研墨,一张素纸盖住分散的体温。

蛐蛐的叫声,不时捻亮暮色中的千万根琴弦。

23

风有几种形状,攥紧小小的拳头。我肯定,还有一种风不曾来过。

风啊,请吹散我的骨头!我会记住一头雪豹孤单的吼叫。

24

我嘲笑苦难,如悬崖的舞者凌空微步。吹响一只螺号吧,把多余的伤悲挤出来。

因为我没有学会退缩,像打桩机不停地夯实着记忆。

25

当你老了,我也老了,你是不是想到我,一只蜜蜂在雨天搬运香料?

最先我会想到你,每一秒都是甜蜜的报复。

26

我的耳朵灌满涡形的气流,像飞机的尾翼不断拉升。我惧怕失聪,用棉花抗拒席卷的号叫。

——始终无法向凡·高看齐,把耳朵当作自己的敌人。

27

我的左耳是上联,我的右耳是下联。额头横批,阡陌纵横。要有多少风雨才能洗白,一副对联端庄如我。

28

从来没有喊声亲爱的,今夜我壮着胆子喊一声。哪怕谣言四起,哪怕你再也听不到。

我还是这样深呼吸,如冰激凌一点一点地融化。

29

风过后,是你温柔的眼。雨过后,是你飘飘的发。

一首诗歌过后,这个人如被伐倒的大树。

30

请不要拒绝,我向你一步步地逼近,像幼小的羊羔,满含孤独和善良。

我会握住一把鸟鸣,在你耳边放飞。

31

我对文字有着深深的自卑,如一场大雾锁住花园,需要多少气力和激情,才能清扫干净?

醒来或继续睡去,一只猫在屋顶上喘息。

32

在一支歌中徘徊,或多或少找到自己的音调。那些在炉火旁倦怠的笑容,已提前被我挥霍。

我的脸庞冷若冰霜,一场涌动的潮汐何时才能静止?

33

你见过白乌鸦吗?反正我没有。无须声张,总觉得一群白乌鸦躲在角落。

一边梳理着漂亮的羽毛,一边在太阳下自由地歌唱。

34

我常常幻想,自己是一棵行走的树。无论走到哪里,万千片叶子托起疲倦的身体。

有时我会低下头,流云带走黯淡的功名和红颜。

35

当衰老不可逆转,当灿烂的钟声锈迹斑斑,辽远的道路啊,已经淤积了厚厚的灰尘。

我弯下腰,挥一把扫帚不停地赶走寂寞。

36

一打雷,我就醒了。爬起来检查窗户,在屋内巡视。

索性抽一支烟,和咆哮的奔雷一同如释重负。

37

一整夜,有老妇人不停地抽泣。像失修的水龙头,一下子折断了。

我知道,今后这楼下的房子只住着她一个人。

38

刮台风了,一只小狗还在乱跑。一张总爱叫唤的嘴,没有发出可怜的呻吟。

它围着楼房打转,像主人手中滚落的皮球。

39

人犯点错误,才能回想起来感到后怕。我刚失手,掉落一个碗。庆幸的是,这碗仅仅碎成整齐的两半。

40

我的眼前,被一片纱蒙住。在某个沉睡的夜晚,我使劲捶自己一下——

会疼的依旧会疼,像一排琴键找准音符的位置。

时间的面纱

一丛草茂盛了，又一丛草失去了影踪。

沙　漏

沙子徐徐飘落，让时光的器皿一无所有。

我坐在夜晚的深处，像一架古琴，被风吹皱。一切都是空的，就连所有的骨架也是空的。

昨天、今天和明天，我想问问自己，是否还有决绝的勇气与光芒？

如蝶，微笑着翩翩而过。

荒芜世事

一丛草茂盛了，又一丛草失去了影踪。

如果你看到了这么多，请不要惊诧，也不要狐疑不定。

我一生所爱的、所恨的，就是不断重复！一巴掌拍下，如小小的皮球。

高高升起，低低落下……

微凉的你

很多年了，你还是静静地，瓷瓶一般，站在某个角落。

羞怯的脸颊，被淡淡的忧伤笼罩着，像一层奶油。如果我吻干了，你会不会怀念我湿润的唇，还有一颗颤抖的心？

在你奔跑的身影中，我逐渐凉了下去，更像是你的善变与诡计。

时间的面纱

我需要在纸上，画下时间倏忽闪过的尾巴。

椭圆的、长方形的，我练习了无数次，还是没有摆正端庄的姿势。

似乎一旦看透了，我就没有恬静与从容。在它的面前，露出破绽，像一枚愤怒的钉子，扎在墙壁上。

很快，闪亮而卑微的身躯，越缩越紧。

飘　色

在需要拐弯的地方，我不会用劲挣脱。

如一块鹅卵石，无处晒干潮湿的思念。

一场雨即将抵达，我吹着口哨，放大着内心的美好，悄悄地听到一个声音。

想想，再想想——

比如满世界的噪音，要是安静一会儿，我会感激不尽，穿过一小缕微弱的光。

岸边的房子

    这一定是白房子，白得纯洁，白得耀眼，恍若一根白色的蜡烛。
    多少年了，它静静地守候。
    一道清澈的溪流，穿过它的门楣。
    我是它唯一的情人，像一根芯，在腹内流动红的光芒。

低处的视线

    在目光所及之处，我祈求你的身影早日出现。
    像一串气球，被思念的针戳破。
    我需要拢住一小片天空，播撒前世的琴声。无论身处何方，我都被漫无边际的忧伤——溅了一身。

醒　来

我肯定比鱼肚白的黎明先醒来。

闭着疲惫的眼睛，不愿睁开。我的灵魂暂时没有长上翅膀，轻轻地飞掠万里河山。

现在，我正如一辆抛锚的越野车，在荒无人烟的戈壁上，等待救援的到来。

秘密交换

仿佛被烈酒呛了一口。

我还没有吐出禁锢的花朵，又咽了下去。

它不需要开放，就已经凋谢。

那些战栗的、惊慌的，或许是柔软的，蒲公英一般，谁能追赶它们的姿态？

招摇过市

如今,我在大街上,像一只蚂蚁,孤独而卑微地行走。
就连调皮的风儿,也不能找出我的破绽。
但是我多么愿意敞开自己,把温暖的体温散尽。
直到我大步摇晃,擦肩而过的人闪躲一边。

春　夜

一张纸,很薄,很脆。
在微微的风里,我看到的人都是好脾气。
他们不会陷入纠结,这失眠的夜。
如此精神,多么容易忧伤啊!就在我的眼前,一小撮烟灰,丘陵一般高了。

有一次

有一次，我走得很远，似乎都看见蓝色的地平线了。

我的存在，越来越模糊。

如果就此失去记忆，或是停止思念，会不会明天，我是一位搬运春天的养蜂人？

在油菜花盛开的田野上，在雨丝里，也许还被小蜜蜂轻轻地刺过。

桃花是一盏子夜的灯

在走近和离开的时刻，我都被大风推揉着。

正如这株幼小的桃花，颤颤的、暖暖的，在尘世张开双唇。

它们什么时候凋落，我没有勇气凝望，只和它们久久地期待，把流溢的芬芳抱紧。

把夜风中飘荡的灯光一道摔碎。

叶　子

　　这个春天，高大的银杏树，枝条摇摆着。

　　像少女的发辫，多么好看。好像幸福本身，就是这样轻松而自然。

　　就在一片又一片鹅黄的叶子中，我却听到了你的消息，凋谢的命运让疼痛蔓延。

　　正如亲人走远的身影，在天涯短了又长。

清　明

　　如果我有魔术，首先要做的事情，是把淅淅沥沥的清明，从日历中抠出来，或是一笔勾销。

　　我害怕这个节气，从头到尾都是悲伤。

　　像冒失的雨，不知道如何抑制思念的拳头。

　　把一个个渐渐模糊的名字，在风中松开，直到腾空我的内心。

坠 落

将内心的灰烬清扫干净,需要多长时间?
将时间的青苔拔除干净,需要多少气力?
将冬天的枯枝燃烧干净,需要多少火焰?
倘若一口回答,请不要打扰我的安静,请让我爱得虚弱。像一根烟囱,在幽深的尽头。还有一丁点的白,又软又硬。

踏 碎

将这些补丁的线头,拆开来。一面破裂的旗,在风中猎猎作响。
我的行走和任何人无关,我的远方就在前面。
我是一个锈迹斑斑的铁环,需要越滚越亮。
而什么样的事物穿过了我的胸膛,无泪,无喜,无幻,无影,归于尘土。

那些幸福的事儿

　　它们打转、漂泊,去向不定。它们围着一炉火,比我的身体还温暖。
　　它们像一只只流萤,在暗处欢叫,拥有一厘米的星空。
　　它们拥挤在一起,从不凋落,比一滴露珠更团结、圆润。
　　一想到它们,我所有的味蕾都要打开,慢慢地吻遍;记忆之脸,浅浅笑着。

透过无梦无醒的云雾

　　我怀疑,从未到过这里,为什么竟对周边的一切如此熟悉?
　　甚至分不清楚一颗心与一枚星,谁最先亮了起来。
　　而其实,还有一层微弱的气息。像一层细细的盐,一旦被风吹过,我就会听到一团尖叫,现出孤寂的本相。
　　在退却之前,我一直睁大眼睛,为了抵挡逼近的危险。

洒满阳光的土地

是我的神。自我哀怜的时候,我会默默地念着:"亲爱的,请别为我哭泣。"

在阳光浩荡的洗礼下,如果你走远了,我相信你还能够听到低低的呼唤。

像一张旧唱片,尽管彼此回不去了,还可以相对一笑。

因为爱,我们忘乎所以。因为感恩,麦苗之上就是我们的婚床。

与一束光同行

在夜晚,我把影子挂到衣架上,让他卑微的身躯可以舒展一下。无论他做着什么或是不做,我都不会责怪,也不会担心,他被风吹远。

曾经,在我的生活里,他热烈得就像一块炭,不停地释放体热。

现在,我的记忆失去准确的刻度。他总是抱紧我,也不说话。对于我的愧疚，他显得比我更加宽容。

隔着一盏灯火，他那么高大，我多么渺小，却从没有抛弃一束光，将彼此的背影，相互纠缠。

一点凝烟

这是在高挂的枝头，我在昨日的背影中，与它们迎面相撞。

这些沉甸甸的花朵，因为安静，所以芬芳。其实，我多么想与它们一样，风吹来了，瞬间走远。

像一只蜜蜂，疯狂地索取，而不带走，任何幼小的战栗。

在它们的背后，初夏的眼神静悄悄的。湿润、微凉，在我够不着的地方，各自悲喜。

加减法

我奔跑的欲望，既可以增加，也可以减少。

甚至转过身去，我的身后，几乎什么都没有。唯独还有一个月光下的影子，在不断提醒——

忍让、忍耐、忍受。经过这三道关口之后，你会看到不同的结果。

无论它是圆润的，还是残缺的。

你都要爱这一切，爱自己卑微而清洁的心灵。

困

我不需要任何借口，一再强迫，给自己找到安慰的理由。

或许脑子是空的，岁月是空的。

我的魂灵是空的，呼吸也是空的。

唯有一对深深的眼窝中，寂寞如霜，遍布天涯。

风干的水渍

这么久了，我想抹去自身存在的痕迹。

把它放到时间的磨刀石上，狠狠地摩擦。像一颗心，对着另一颗心说话。

我就不信，无数次激烈之后，四处飞溅的火花，会摧毁我们。

带着陈旧的暗伤与微弱的力量，慢慢地飘升。

玻璃房子

让我们离开苦楝花紫色的毒。

让我们瞬间离开,直到远远的,在透明的空间里,喘气,默默无声。

那些发生的事情和正在孕育的灾难,我们就会置之不理,或是淡然一笑。爱就爱一回,恨也就恨一次。

一旦倒塌、崩溃,我们都能迅速地扶起来。多么美,一座转动的星宿,它依旧充满活力,属于我和你。

象形物

我有点急迫,像一匹马。走乱的蹄印,像一阵糊涂的风,揪着我的耳朵。

无论你在哪里,我都不能压抑自己的思念以及对你的渴望。

甚至,我想就是一个兵马俑——

一种伤害,已无须品尝。就在千年的领地,站着,活着⋯⋯

还 原

比如绳索,你不尽情地挥舞起来,它就没有精神。
比如跷跷板,你不稳稳地坐着,它就失去了平衡。
我必须长发遮面,在蒙尘的胶片上,你看到的恰恰是我模糊的身影,像一只飞蛾,向着光明——
扑翅而去。

时间的台阶

当初我们都在流泪,一起浇灌沉睡的花蕾。

时光歇在树叶上

我不否认,在最高的一片树叶上,小小的心脏正在跳跃,承受着微妙的挤压。它欢乐地歌唱,带动我飘起的黑发。

必须放慢行走的速度,必须学会赞美,让一团呼吸低低地敞开。在这难以描绘的时光中,一件素色衣衫,怎能挂住轻薄的泪水?

如果此时有一只小鸟飞来,那么,我相信另一只鸟儿会托起爱情。一阵风掀动树叶,嘘!这慌乱的幸福,早已传遍我的全身。

  我庆幸，没有看清事情的全部真相。就这么一点，我啊，和更多的命运一样，被谁击中了软肋。

  像是一只受伤的蝉，听风听雨，而不闻其声。

意 外

  谁能看到，意外，总在前方的某个角落，等你。一不留神，它就会露出狰狞的面目，在你踉跄的瞬间，也许嘲笑轰然响起。

  我和你，一同奔波。每天，我们都要经过黑暗的甬道，甚至一起在文字中穿梭。为什么，像一架老旧的风琴颤动不停？

  一些音符落下，又有一些音符升起。在这不变的曲调里，反反复复。我记得你的微笑，但你是否想起我腼腆而清秀的脸庞？

  而一种意外，其实早已夭折，只是当初我们都在流泪，一起浇灌沉睡的花蕾。

时间的台阶

  我一步一步，登上黑白琴键般的台阶。这么多年，我一直这样走着，从来不去触摸生锈的栏杆。

我要回到钟声的内部，让滴答的雨水穿过沉默的胸膛。如果放弃，就再也拢不住阔大的风声，直到坠入黑暗，或无边的苍穹。所以现在，必须端正将倾的身影，在漫长的时间中，绝不妥协。

请跟上我的节奏，让我与你一起抗拒寒冷与孤单。那颗被包裹的心啊，在幽深的隧道之间，始终是一盏最亮的灯，默默闪烁，守望着忠贞的爱。

我布满的柔情，像从岩石上提炼的花朵，从葳蕤新绿中勃发的芽，把每一秒的歌声都送到你的耳边。

趁寒霜没有封锁窗台，在比秋风还醉的爱里，我们彼此怀念，与时间一同走远。

我相信

我相信，并不是有意和生活格格不入，像一块冷铁浸入水中，而不发出惨烈的痛叫。

我相信，一头狮子也有它自己的忧伤，只是在迅疾地奔跑的瞬间，它面露沧桑，显得多么威严与高傲。

我相信，我的诗歌越来越说不清，它的源头与去向，究竟是怎样跌跌撞撞，一路仆倒。

我相信，一个孤独的人，必须战胜自己的心灵，如同堂吉诃德，把旋转的风车当作巨人。

我相信，我的爱情无声息，像日夜流淌的河水，从不停止，在岁月中尽情歌唱。

我相信，时光还在等待，影子从另一个角落追赶而来，它是唯一切开我睡眠的人。

月亮是我唯一的面孔

在天地的尽头，我听到内心的轰鸣，正倾泻万里。当我被孤独桎梏，我总是声嘶力竭，像一头受伤的狼，在荒原，向着远方，发出哀鸣。

在你的面前，我要抖搂所有的风霜，尽情地痛哭一场。我知道，这是月亮打翻了漫溢的芬芳，祭奠神秘的图腾。只不过，恰好被我碰上，一个人没有援助，拯救着溃堤的灾难。

我想象不出自己是怎样穿过昨天，还有现在如此羞愧的失态。你默默地打量，我这个失散的月亮的子民。

此刻，越来越暖的火焰，把我燃烧成一只幼小的彩蝶，翩翩起舞，让我不从道路返回，而从洁净的天空撤退。

期待一种声音

一种声音想要平静，必须先撒开蹄子，在四野狂奔。即使世界很辽阔，远方很温暖，它还是要回到诞生的起点。

它怎能让小小的身躯，一寸一寸地凉下去，或是让一颗孤独的心，在绵延的青草之中，匍匐而上？

它激烈地挣扎，不需要任何理由。恍若我的灵魂，面对庄严的雪山，可以冰清玉洁一次。

如果尝尽了世间所有的悲欢，我是不是也随同这声音，在秋天的眼眸中，结成圆硕而晶莹的露珠，把苦难的日子一遍遍点亮？

目睹一块石头

石头就在前方，如一个怪人。它是恶意的存在，还是善意的提醒？我绝对不能视而不见。

它究竟生活了多少年，还需要多少风霜镂刻脸庞？它沉默的内心，为什么坐在黑暗中，像一道越来越深奥的命题？

现在，我要是抛弃它，在风中走远，我是不是该回头深深地看一眼，它会不会迈出笨拙而迟缓的脚步，悄悄地跟上来？

它往哪里去？在这茫茫岁月中，它面对时空寂静的回声，一言不发。

我爱上这缓慢的速度

不是我表白，从一株樱树下走过，总想着几片花瓣，轻轻地落到我的肩上。似乎这样，我可以拥抱繁华的春天，没有落寞和愧疚。

我不需要抱怨，或是焦虑不安。对于流逝的时光，我也不必寻找微温的怀念，像雨后的黄昏，用自己的清白证明存在。

当我发现珍藏多年的记忆模糊之后，也无须惊慌。就让一群飞鸟，驮着我的背影，在高邈的苍穹，辜负大好的河山。

一旦越入了镜子，在皱纹之中，我仿佛是一圈涟漪，请把痛苦慢点散开。

想象一场雨

想象一场雨，无须想到诗歌，或者邂逅撑一把油纸伞款款走来的女孩。

如果此刻，我放下疲倦的包袱，那多么幸运而又让人欢喜。它们晶莹发亮，落在我的眉毛上；这轻盈的舞步，多么崇高、自由，带动一个人的飞翔。

除此之外，我似乎有了隐隐的期待。当雨水消逝过后，我希望拥有足够的精神和气力，像刚刚诞生的青草，把成长的苦难当作一次温热的洗礼。

我不会纠缠自己，在雨水中，我的一生还有很长的路要走。

我的记忆闪着微光

从一场漫天的大雪走出，我的脚踩出咯吱作响的声音。像小兽的出没，飘忽不定，但不能否认，我被丢在了广袤的深处。

这皑皑白雪，一直铺展到世界的尽头。我注定要到山冈高歌，把内心的悲怆倒个干干净净，还自己一个自由之身、清白之魂。

我怀念，并固守这样的记忆，一切没有遮拦。我愧对痛苦，失去存在的意义；我打开书简，剥落干涸的墨痕，一张白纸，闪烁着淡淡的光。

是的，绝不让一根刺，在头颅驻扎，仿佛它是一生的敌人，吮吸着热血。

我动员所有的力量，阻止这一寸一寸的进入，把沉默归还大地。

你站着就是大地的背影

我是黎明最先收集露水，并为幸福挡住灰尘的人。

与夏夜交谈

请相信，我不是故意制造一场泪水，在萤火虫低飞的夜晚，寻找我的另一个故乡。

我正在修饰斑驳的身影，删除高大的词语，向着洁净的你，一点点飞去。

像一支归来的桨，被幸福的涟漪包围，不断扩大的水纹无声地揉皱了一江月色。我属于谁，谁又属于我？也许不过就是伪命题，看上去如此深奥而又神秘，悄悄拨动我的心弦。

在梦的旷野，我多么想是一棵葱茏的树，将你笼罩在一方绿荫下，既不孤单，也不逃弃。

因为获得你，我付出了整整一生。

青丝白发，银霜泻地。

夏夜就是一杯变暖的酒，充盈在巨大的杯盏里。我抚摸诗稿，独自饮醉，一片静谧的星空，围着我旋转、摇摆或舞蹈，风沙不紧不慢地吹平世界伤痛的道路。

不动声色的力量

走下去，坚定地走下去。哪怕在岁月的摔打中，我也想让瘦长的身影不再低垂。

迢遥的路途，通向哪里？

如果劈开天空，我是否还能撷取一缕激荡不息的回声，暂时告慰自己？而一支嫩绿的歌谣自始至终没有熄灭，从眼睛里醒来，凝视着世界的另一头，爱着、活着，无悲无喜。

我曾穿越荆棘丛，去采摘玫瑰；也曾跋涉千里，寻找一盏明亮的油灯。现在，我对生活充满了感恩、敬畏，只想安静地度过日子，过好每一天。

一滴水也有自身的重量，一个人也有不倦的孤旅。

时间的转盘，分分秒秒。也许原本无须有人指引，我坐在一节空空的车厢里。

没有开始，没有结束。

在这个夜里，轻轻吟念寂寞与幸福，忽然感到，我不再是自作多情而又望穿宿命的人。

那些花儿

那些花儿，我允许它们一个劲儿地开，接连不断地开。

因为它们，这个季节开始涨潮，就连美好的希望与思念，都是如此沉醉。

君再来，勿别离。

且在一丛花影中，做一只蜜蜂，吮吸甜蜜的内心，深深地扎下去，让燃烧的音符把蜿蜒的足迹彻夜照亮。

整个春天，我的叙述都是迟缓的，赶不上花儿动情的歌唱。在不绝如缕的颂词里，那些花儿一朵朵抱住了我的伤口，炙热、暗香浮动，仿佛完成高贵的使命。

如果你走来，请不要惊扰我沉睡的梦。

还有红的、黄的、紫的、粉的花儿，和我一道守着内心的低语，无论你是否听到花开的声音，我都是黎明最先收集露水，并为幸福挡住灰尘的人。

蝴蝶手势

蝴蝶手势，像一声漂亮的响指，开在空中。

这种姿态，定格成一帧守望的剪影。从童年、少年、中年，直到老年的时光中，慢慢隐去。

一只又一只蝴蝶，在我的梦里飞翔。

天地之间，它们是沉默的舞者，从容而华丽，把重重叠叠的苦难留在了身后，不知疲倦，从一个人的旷野到另一个人的视野，怀揣着寂静的风暴。

正如人生某种状态，总是游移、模糊，而又无法确定。

它们的手势，一次次敲响我的头颅，叩痛我的灵魂。

曾经遭受的伤害，我早已丢弃。在一场旷日持久的恋爱中，最终发现，我所期待的是另一只蝴蝶，迎面飞来，与我抱成一团，在红尘深处相逢相拥。

铅华洗尽，云烟飘散。

我护送蝴蝶，与瓦蓝的天空融为一体。

你站着就是大地的背影

小小的你,在时光的器皿中,微微晃动。

一粒沙,推开了所有的门,但唯独不能洞穿你的心扉。你临风而舞,一个人的苍茫,可以入土为安,可以化身为露,可以和风、一些鸟、一群羊、一盏灯火融为一体。

在朝圣的路上,我渴望看到天地之间,奔涌着澎湃的生命。

从不否认,我们被无形的鞭子狠狠地抽打着。总想把你包围,任我独自承受时间的责罚。爱着你,却又无法走近,你怀疑我的忠贞像一场灾难。

多汁的春天,远行的人,我大声喊着你的名字,你又可曾听到我的呼唤?

我动用所有的味蕾,去尝尽世间的悲苦,只为你留下红灼灼的花朵。

让无穷无尽的眼泪流向你,汇聚成海。

让绵延不绝的流岚缠绕你,磅礴成雷。

——我只想轻轻地为你系上一条月光的纱巾,从此不再寒冷,破茧而去。

庭院的月季

它的美是放肆的,哪怕不为人所知,它还是让快乐释放出来。

颤巍巍的样子,多么柔弱,仿佛风一吹,它就会倒下。但事实上,我们必须提防它反抗的力量,比如一个迟来的季节,就要遭到它的遗弃,义无反顾,等待下一次轮回。

穿过时间的夜曲,在它的唇上,甜美而忧伤。

爱一次,伤害一次。我们都从风雨中,走到夜的另一边。

一群蜜蜂飞过来,毫无顾忌,获得了某种满足。而它呢,又能怎样,对着倾斜的天空,流淌着最后的芬芳。

谁和它一道颤抖,谁就是把幸福埋在心底的人。

啊!让我擎起阳光的火把,居住在它光明的殿堂,给它的燃烧,再增加旋律。

一个宁静的庭院,我是孤独的天使,这是否就是我熟悉而又留恋的风景?月季悄然无声,我亦是。唯有淅淅沥沥的梅子雨,慢慢地飘下来。

这片湿地

　　这片湿地睡着了,梦中的芦苇一节节长高。而荻花迫不及待,一夜之间白了头。

　　它们在大地母亲的宫腔里,芬芳的泪花开在毛茸茸的阳光下。一曲苏醒的歌谣,嘹亮而清澈,把天空让给洁白的云朵,还有深深牵挂的人。

　　请原谅,我的记忆,铺满无尽的相思。

　　沿着湿地纵横的走向,谁又能打探思念的气息?芨芨草摇摆着柔嫩的身子,它的舞蹈总令人心潮荡漾。大雁还在迁徙的路途,这最后的家园,红尘以外,感恩之情油然而生。

　　芦苇高过我的身影。

　　我重新打开页面,寻找隐隐约约的堤岸。

　　秋天蹒跚着走来。这一刻,我多么想是一枝芦苇,在风中绝不低下沉重的头颅。

　　有一行歌,我始终未曾抵达,但又没有放弃。

我是丛林里奔跑的王

从内心出发，我是否能唤醒虎虎生风的吼声？

今夜，啸傲丛林。江湖险恶，是非之地，我攒够力气和疼痛，只为了放养滋生的孤独。

多年了，我善于隐藏，在一个词语里打结，盘旋，挥之不去。而现在，我可以尽情地舞动斑斓的身姿，蛰伏的洞穴响起喧闹的声浪。

我是王，不惧怕任何猎手。

无须结伴同行，无须闭紧牙关。这个唯一的王，多么美妙。

猛兽悄无声息，静得出奇。

我所看见的，露珠闪亮；我所听见的，只有一个声音不可抗拒。像夸父追日，我的奔跑同样不需要承载任何意义。

巨大的气流或旋涡，一口喷薄的叹息。

我属于自己，属于星辰背后的故乡，属于涅槃的传说！我始终相信，已经苦苦追寻的一生，一座丛林就是我的王冠。奔跑吧，一团沸腾的热血！

独白·呢喃

一朵火苗,在语言之外,静静地开,又落。

蓝色歌谣

1

秋意渐浓,露水已重。

我蛰居小城,平平仄仄的诗行是我寻觅的目光铺成的小路,希望你涉水而来的声音,叩击我的心门。

使我痛苦的你啊,是怎样一只小鸟栖在哪朵花下,静候如禅?

2

我描绘不出你的模样。

爱情是只紫色蝴蝶,在小小的低沉的天空,掀起多少可人的意象。

一天一天为你唱着生动的歌谣。

纵然雨季无期,梦想结出老茧。等下去,才是守望不变的方向。

3

为什么?你的到来注定要我经历烈火炙烤的考验。

为什么?我的诗歌总是泅过泪水的河流漂泊无系。

为什么?枫叶正红,你和我却又错过今秋古典的相遇。

我们的恋爱毫无理由,彼此没有答案,就像葡萄的光亮,谁能够丈量?

4

亲爱的,你感觉到我的心跳吗?我在采撷那真实的玫瑰,我必须洗去脸上的灰尘,让心灵彻底干净,擦亮所有的烛光,在浪漫的或者忧伤的萨克斯曲中,和你共进晚餐,厮守终身。

5

这一切仅仅是我的想象。

还没有冬天的影迹，我的注释只是蝉声远去、芦花纷扬的背景，携带一把孤独的吉他。

唯有听岁月流逝的声音，咫尺之遥，你才能知晓我浪迹天涯的全部意义。

因为今生今世——你是我美丽的新娘，我是为你消瘦且纯粹的歌手。

忆茵三叠

1

在秋天的路口，群鸟返回，告诉我，你是哪一只小鸟，今夜你要栖入谁的梦中？

西风挥舞最后的衣袂，将落在大地的星子一粒粒捡入露珠纷呈的草丛。那么留在你心间飞不动的魂灵，是我相思的蝴蝶，无声地掀起片片歌谣。

茵，我的太阳，是你以浅浅的笑抚弄我的情弦。

因了你，守望的日子涌起感动的细浪，一遍遍洗濯我，如可人的玉，漾出无法测出深度的光亮。

2

冬天的脚步很沉，将我的怀念深深踩痛。你是否看见，那一片蹁跹的雪花,它就是我的爱呵,愿无形地消融于你的胸怀。它落下来,比本身重量还重很多,如颗小小的子弹,旋出无畏的力量,准确无误地击中你的靶心。

我不是好的猎手,可在爱情的燃烧下,我就能腾飞。

茵呵茵,沿着你指引的方向,亲切而纯净的白雪温暖了跋涉的行程。

3

当解冻的小溪唱着欢歌的时候,我的爱,敏锐的触角最先察觉春天的碎步。急急地,一下闪了腰,使将开的桃花,笑了一笑,闹尽枝头。就这样,春天和我的爱同时到达,放牧青春的马队。

茵,我们坐在春之深处,品尝爱情这杯浓浓的红酒,听彼此的心底,嘈嘈切切地流淌着一支熟稔的旋律。

且放缆纵歌吧!没有理由拒绝这唯一的邀请,你就是我今生共划桨的同伴。涔涔热泪悄然远逝,那是我幸福的泪,在玫瑰面前,拭去流浪的灰尘,保持一种芬芳或亮泽。

两颗相同频率的心脏震颤出无穷无尽的乐音。

亲密爱人

1

在芳草尽铺的小径上,我是多么不愿在阳光里暖暖地睡去。我数着心跳,和自己玩一个激烈的游戏,要知道,在你到来之前,我已洗去脸上的灰尘,让心灵保持蓝天一样的干净。

只要打开你这扇紧闭的门扉,所有的烛光都回涌向你,所有的鲜花终将为你开放。一如古老的歌谣,响彻你的一生。

我的爱人,春光将逝,曾经熄灭的爱情由谁点燃?当春天转身的过程恍若隔世,我该怎样打马驰过你的窗前,是悄然谛听,还是疾飞而去?

我的爱人,坐于凄冷的夜晚,小虫绵绵织奏着不眠的谣曲,我是多么无奈和忧伤。我不是优秀的诗人,可我写了那么多诗歌,又任谁来领受这金光闪闪的箭镞?

我的爱人,我在无数次的等待中洗濯自己,只有你的笑脸,才是永远珍藏的风景,或者怀念的对象,给我抚爱和深深的慰藉。

2

两只火柴,吱的一声,燃放爱情的火花。

这不同于音乐的力量,照耀我膜拜你的方向。神秘的爱人,是什么使你在岁月的迁移中,还能恪守青春,坐怀不乱,拥有一颗玉质冰心?

我无须失意,我的小屋总被这种灼目的光芒镀亮,让我在纯朴、明朗的日子,平静地读书或写作。

没有理由不满足,你的手指随时叩打我灰色的头颅,使我一次次身居险境,竟能化险为夷,穿过生命的沼泽地,到达你的身旁。

没有原因不感谢,你的微笑洋溢着水一样的温情,兰花一样的芬芳。在多少诗歌找不到归宿的时候,我的爱还能保持清新和鲜嫩,为我抹去累累伤痕。

在尘缘中等你

1

今夜,你是乘坐哪片风的翅膀,在夜色之上,匆匆赶来?我不知该用怎样的心情,使你无拘无束,好像百年以前,我们就彼此相知。

爱情这支神圣的利箭终于射中我的胸膛。我宁愿让这一刻永恒,在宁静的时光中,听我心底的那根弦,嘈嘈切切地弹起一支如水的旋律。

兰，使你躲在深闺，羞红了脸的人儿，是谁？

2

琴声如浪，烛光摇曳。我看到你的身影从容、平静，隐藏着无与伦比的美。你的那双明眸仿佛深不可测的潭水，蕴含绵绵的情思。

秋天的风吹来花的香气，使我在婆娑的月夜迷失自己，犹如一头小兽，踩着一声高过一声的心跳。兰，我就是这个左手持玫瑰，右手握短剑，为你朝思暮想的王子。

而你身在哪座小屋，独守韶华，不肯为我打开那扇欢乐的窗扉？

一切从我的歌声起飞，又回归清晰可辨的幸福中。

3

我满含热泪，为你写下震颤大地的情歌。让我的生命幻化成一只鹏鸟，沿着你牵引的方向，做不倦的飞翔。

兰，我热爱粮食、劳作和智慧的力量。我想你也和我一样，摒弃世俗的虚荣，在一朵花下静立，听见相思的珍珠，若雨点穿透夜幕。

如果这个秋天还没有什么值得怀念，你该千万次咒骂我。因为你的步子，翩若惊鸿，使十一月的夜晚，落红为酒。

4

兰,我轻轻唤你,只是你的名字给我以深深的暖意,让我掸去杂念,向你说出那最为珍贵的动词,和你在不变的契约里,写诗、听曲以及想象天使的模样。

有了你,我才能护卫彼此的美丽;有了你,我的归宿不仅仅是缥缈的乐音;有了你,我的青春显出超越本身的活力。

有了我呵,兰——你的衣裙飘飘,拂落清淡的星光;你的笑颜绽放,在平静的日子中,催开一朵一朵吉祥的灯盏。

5

我想,在淅沥的雨声没有终结的时候,我的诗歌因你而满纸生辉。我与你的爱恋,足以抵挡风暴的袭击。我们的目光是一道璀璨的阳光,在共筑的家园,照亮今生的梦想,守望着丰收的果实。

兰,骄傲迷人的女孩,是我涉水跋山,把你迎娶到我心灵的村庄。我倾注了多少热血,不信,你看,黎明的路上浸满我一步一个脚印。

历尽苦难,我终生不悔。像一朵火苗,在语言之外,静静地开,又落。

独　白

　　你的眼泪是清澈的。坐于花蕊中的仙子，在一阵纯净的细雨中洗濯自己，散发清香，打开这架梦的竖琴。

　　我不想妄谈我的忧伤，我的等待是一串长长的省略号。即使跋涉的路上布满荆棘，此生，我亦别无选择，穿过风的甬道，为你秉烛而歌。

　　这镂心刻骨的守望，又是怎样的苍白与无奈？

　　一支柳笛就能唤醒整个春天，那么我的诗歌能感动什么？摒弃所有的灰色，一把吉他就是我简单的行装。

　　你的到来，越过孱弱的身子易碎的心。我们被暖暖的光晕抚照，我为你清洗受伤的脸庞，锻打利剑的锋芒。我们鼓荡云帆，回到三月的中央，彼此安静，相互鼓舞，封住物欲的道路和流动的暗疾，平静地读书、写作或是倾听内心的呼吸。

　　爱情转身的过程，恍若隔世。我明白相思是一根寂然且浓烈的琴弦，歌唱或流泪，以最隐蔽的姿势，面朝红尘，蔓延如火……

绝响

那跋涉的足音,至今仍撞击着谁的心灵?

李白·蜀道难

1

山不转水转呵,蜀道依旧蜿蜒到天边,那跋涉的足音,至今仍撞击着谁的心灵?

清风明月,在你的诗行间,流下命运的泪水。

你抚剑长啸,切下芳草和白云,紧紧裹着一个历史的伤口。

2

猿声啼断了愁魂……

春天早已走远，你的灵性何用？身旁是小人横行，佩剑再利，也不能随意拔出，纵歌一曲。

战火吐着巨大的舌头，蔓延而来，你看穿一切，却只能焚心如火。

你终究看不清岁月真实的面孔。缤纷的花事，犹如小小的灯盏，在你的心头燃烧而又熄灭。

3

是谁，茫然四顾，天地混沌一片？

是谁，打马疾驰，却找不到归宿？

蜀道难，每个句子，都是对上苍的责问。向天投石，谁又能撷取一缕激荡不息的回声？

4

你在江南的水面上消失了。

沸腾的血液凉了。而你却永远走不出后人仰望的目光。

苏轼·念奴娇

1

那一日的江涛如野马奔腾，惹得你怀幽古之思，发深远之情。

没有什么比这样的豪放更为心惊。关西大汉手执铁板，敲碎的是温软酥调，震落的是花间粉蝶。

一代江山，竟从你的墨管中，缓缓站立。

2

你的身影隐没苍穹，只让孤独的吟唱伴着江水汹涌的吼声。

风萧萧，雨飘飘。

一双灼目拨开人生之路的迷雾，江鸥，掀起片片可人的意象。

3

如果有来生，你还能怎样？

世事如网，令无数风流豪杰叹为观止。你能挣脱许多无形的枷锁吗？

谪居的你，是剑上的锋芒，穿过时空的帷幕……

4

  那年的江水，那年的歌声，飘落在赤壁的怀想中，回荡在悠长的思念里。

  一支流淌了千年的歌，在蓝色的梦的上游，绵延不绝。

光阴之眼

一个异乡人，挂满秋天的霜叶。

一个有秘密的人

1

没有人知道我的秘密，芨芨草一般，茁壮而茂密。我也记不得从何时开始，不再看斜阳，目送一只归鸿，寻找归途……

我想我是老了，愿意在往事中，怀念从前的影子。是不是依旧和我一起，在梨树下，等待一封远方的来信？

2

今夜，春风浩荡，江水一清二白。

我策反不了身体，影子像个看守，投以冷峻的眼神。好吧，我乖乖地想着："怎么向黎明，交代秘密？"

3

许多时候，影子安静下来，总会敲打我的胸脯，那里始终有不安分的心啊！

我不能成全，给影子装上一颗心脏。哪怕是石头炼成的也好，它至少可以被流水击中，聚拢我的呼吸和体温。

4

这影子，对我不冷不热，它洞穿了我的心思。

像幽井，丢进一枚石子，水花战栗，很快又平静如初。

5

这个被明月认领的影子，这个咬紧牙关的影子，这个享用时光没有回报的影子，这个回到剑鞘却无剑可拔的影子。

请告诉人们——让影子停止奔跑，让一阵踢踏的风，盗走可怜的秘密，我抱着影子，世界不仅仅是我一个人的。

必有一片叶子，在内心飞翔

1

夜深了，我还在寻找，失落的叶子。
当梦开始摇晃，一个旅者，点燃一堆白雪……

2

上升或是坠落，月亮的铜锣寄我肉身。
你说过："从未停止飞翔。"叶子，喊出我今生的苍凉和疼痛！

3

恳请叶子，将我引渡到激荡的苍穹。
唯有孤单令我心惊，尘世，只不过发出米粒般的叹息。

4

叶子的体内，阡陌纵横，居住着童年的故乡。
阳光催开她的版图，这用旧的乡愁，请允许我把悲伤留给大地。

5

有些事经历了，必然失去。有的人，不去回忆也罢。

我无法像叶子那样，冷暖自知，信守天命。

6

此刻，我看到叶子痛快地承受雨水。

闪亮的身影，抵过一个季节的沦陷。这人世，万物的心跳寂静无边。

风居住的街道

1

风在哪里？和谁捉着迷藏？

它是这条街道，唯一没有长大的孩子。一眨眼，我们都已过了伤感的年华。

2

谁能握住风的翅尖，谁又能握住风小小的心脏？

不改初衷的一生与寂寞相随，正如此刻，它来到这座飘香的客栈，但没有卷帘而进，如一缕叹息。

3

风在呼天喊地,风在窃窃私语。

在大风苍劲的歌声中,只有一双明亮的眼睛,挡住灰尘。在清风醉人的呢喃里,还是这双眼睛,安静依然,像两颗熟睡的葡萄。

4

风啊,多么战栗地飞翔!

它来自哪里,又向哪里迤逦而去?

或长或短的队伍,穿过街道的白昼与黑夜,有时丢下一片干瘪的花瓣,有时揿响门铃,又静止不动。

它从邻家女孩的身旁绕过,却不惊醒一个青春豆蔻的梦。

5

在黄昏的街道,风仿佛插上翅膀的天使,缓缓移动美丽的身影。它要赶一场婴儿的洗礼,还是要带跑黄色的纸钱?只有它是自己的主宰,不紧不慢地推动时光的磨盘。

6

和风一样自由,和风一道忧伤,或许什么都没有留下。

想想往事,就是这样不甘心,被无形的墙壁,撞得生疼。

从认识风开始,那些流浪的脚步不再失重,寂静的回响像心灵一样辽阔。

光阴之眼

1

要到光阴的旋涡中玩倒立。世间的爱,被油灯护卫。

2

夜晚撤掉一把空椅子。琴在山水。
跳跃,隐居,心旌摇动。
你说那是一面湖泊静谧的眼眸……

3

今夜,不谈宿命,不指认悲苦。
我和你对坐,星星侧耳倾听涨潮的呼吸。

4

胸有沟壑万千,手有大把旷野。杨柳编成发丝,冰霜寸寸折断。
你有浩大的慈悲,我有微小的呼唤。
夜空很低,低到彼此的眉头,还不肯抬起。

5

白鲸在大海翻腾,猛虎在山林出没。

我,悄悄地绕到你的背后:"嗨,猜猜我是谁?"

你不动声色。

宇宙茫茫,拎着一颗悬挂的雨珠。

6

一匹老马,走得很慢,送别驿道、邮差和纸鸢。

一列磁悬浮列车,瞬间,刷过站牌和倒退的村庄。

7

群山高耸,露出鲨鱼的脊背。

一寸一寸的光阴,束发而立。

8

你,被两声鸟鸣抬着,被一行泪水淹没。

9

这滔滔不尽的人世。

请原谅,哽在咽喉的一根刺,至今没有除掉。

10

如果可能,光阴啊,我要抚摸你的面孔、你的鼻梁、你若隐若现的细纹。

像是一尾鱼,在你的怀里,从不惊动莫须有的波澜。

11

光阴与我,都有一双眼睛,你洞穿一切,我沉默凋零。

12

总有一天,我会吹去石碑上的铭文。

我一直在山野,流浪或盘旋。

草木深深,一只啄木鸟,围着一棵大树不紧不慢地雕琢。

13

你的眼,小若芝麻,大若唐古拉山。

你到我的身体,开满桃花,摘取野果。

光阴一起一落,我越过雷霆和乌云的栅栏,谁也阻拦不住,我拥抱你的啜泣和尖叫。

14

一位苦行僧,一个斗士。

你披阳光的袈裟,你舞青色的宝剑。

15

一只孤独的眼,一只巡游的苍鹰。

风帆猎猎。

一个异乡人,挂满秋天的霜叶。

16

如果没有光阴,我就没有心跳,消失得无声无息。

而恰恰是你,不停地折磨,巨大的砧板,我四分五裂,但很快,一次次呈现我的洁白和热血。

17

请眨一眨,你调皮的眼睛。

我和小鹿,一道挑起薄薄的暮色。

18

在你掌心,我纵横四方,絮絮叨叨。

一座沙丘,被蚂蚁搬动。

向日葵,被明月嗑开丰满的骨肉。

狂草的版图,我是飞舞的蝴蝶。

19

光阴一言不发,驷马难追……

20

我织网，打铁，饮大坛大坛的女儿红。
一生即将荒芜，一世永不背叛。

21

对面的露台，响起一阵噼噼啪啪的鞭炮声。
嘘，有人从子夜离开。
你假装摇晃，我吻着的梨花开了。

如梦令

1

在紫色的梦里，我总是和自己决斗。
一阵刀光剑影。哦，谁是那消失的人？
不，不。
且容我大口呼吸。这是什么年纪的梦，依然清晰如昨？恍若一幅幕布，定格在岁月的墙壁上。

2

我在追寻一道看不见的风景吗？

——檐下的铃铛，不动，不响。

静谧的夜，一辆大货车驶过马路，轰隆隆的声音，把我的梦拉了回来。

一张黑脸，呈现花朵般的颜色。

3

一个梦是一片灿烂的天空。

有时故乡在前，有时白云在后，有时，一丛芨芨草生长在田埂上。我被一条狭长的路，紧紧勒住。

4

我在幻象之内，把酒，话桑麻。

一切的源头都在杯盏里，我吞咽，自己的悲伤。

5

梦像一根刺，戳在这儿。

一阵闪耀微光的清霜，从心头掠过。

6

可我不是梦的终结者。

它走着猫步，它踩着雷电。我眼睛里的鱼，开始上岸了。

这时，梦里，一片空白。

我闻到了窗外久违的花香，似乎经历的一切，从没有发生。

夜　曲

1

像大海一样涌动，梦幻来了。
当心跳不加掩饰，你被席卷的风暴紧紧追赶。

2

钟表停止了摆动。一阵阵雷霆，撞开你独居的国度。
涛声骤起，风一旦停息，你的灵魂便会飘落……

3

数不清的芦花，一齐以不同的速度，进入你的咽喉，滋长、繁衍。
你的眩晕无可救药。

4

无限沉默就像裸露的屋顶，一只猫从瓦脊上跃过。
敲打的水珠，让你失聪的耳朵渐渐苏醒！

5

没有栅栏的夜,你像大鸟——被神掳去,静静忏悔。

6

芦苇荡,被巨大的宁静充满。丝绒的光线与花萼交融的呐喊,荡过一个人的边界。

你的桅杆升起,离开……

7

栽下火苗,种植梦想。

你的星座在燃烧,微小的颤抖孤独得不为人知。

8

你的歌声从呼吸中旋绕,就像爱情在被彻底揉碎之前,拼命挣扎,却无力拾起。

9

命运之手怎样穿过风的甬道,在紫雾中张开,不可抗拒?

一群小蚂蚁,耸动着,托起鲨群的山岩。

10

流浪在远方。你没有故乡,竖琴悬挂在窗口,弥漫着冷冷的灰尘。

11

雨中的芦苇，依然奏响芦笛。

悲哀还是绝望如一根细小的鞭子。你埋藏的声音，抬到高空。

12

凝视不是逃逸！你活着，是因为没有忘却良知。

手握残花，关山已远——你走过红尘，倾斜的星星不再坠落！

影子的低语

今夜，北风呼啸，我是唯一站在你身边的人。

1

这个冬天，我没有抱怨。

在我的脸颊上，雪一点点融化，一群蚂蚁爬过了街道，它们走得再轻些……

2

  沉默啊，请不要卡住我的脖子。
  我必须仰天长啸，喊出内心的悲怆与绝唱，之后，像铁锈一层层覆盖。我怀揣着你的温暖，成为水的倒影。

3

  我不会躲到匣子里，与又扁又深的黑暗拥抱，在冰凉的夜晚，捂住冻僵的耳朵。我也不会站在你的面前，露出慌张或破绽。
  我们默默地注视着，还有一小汪水洼，从来就没有干涸过。

4

  一万次呼喊，你又在哪里？我的内心是一座荒芜的空城。

你总是这样,被流水中的石头割伤,剩下甜美、安详和痛楚,交给一把铁镐吧,任由它挖掘、摔打,用尽了气力。

5

一个被风霜包围的人,浑身是火。
只有瓷器,才能盛满微微的颤抖。

6

我在一滴水里,看见了你的眼睛。
其实和我一样,闪烁一次,心就被敲了几下。不由自主,我的身子在弯曲,我不能让你,把一粒火焰的种子丢到窗外。

7

我曾天真地以为,无论做错了什么,你都不会责备。我多么希望，你能够袖手旁观。

　　我想让你知道，面对面的孤单，就是灌木丛中的一串苍耳，我们无法回避，它们刺在心尖儿上。

8

　　像风对风的倾诉，不需距离，也能一齐，吹远一根洁白的羽毛。
　　我愿意在人群中消失，我愿意把我放逐到半空，我愿意在树杈上垒一个小小的窝。只是不愿意你，独守夜晚，在一张纸上，虚构苍白的药方。

9

　　我们就是两道锃亮的铁轨，始终无法并排站着。你在左边，我在右边，被一列火车拉拢到一起又快速散开。在汹涌的人流中，我能确认你肯定不会将我抛弃。在你干净眼神的注视下，我总显得愚蠢。
　　有一盏灯，领着我们奔跑，大地似乎飘起来，我惊喜地看到，你的美丽如云淡风轻。

10

小时候，我对你有点恐惧，生怕你扮着鬼脸，像深巷的梆声经久不散。现在，我对你满怀敬畏；你想到了什么，却对我保守秘密。

我仿佛是你的俘虏，开始酝酿一次觉醒和抵抗。

11

我从你的面前走过，你却把我抛到了身后。如果苍老来得更晚一些，我相信，你的睫毛上，也不会落下一朵飘浮的白云。

往哪里去，并不重要。重要的是在迎面扑来的大风中，我们容易走失。

12

请将我撕碎,请让我零落成泥,我不是非要探听你体内流动的桃花汛。

这个世界,有多少伪命题?我们常常不知所措,正如你爱在春天,我却病在秋天。

13

我要织一件十字绣,把你一针一线,深深嵌入。

在红色的纬度,我与你是同样的心情,只是结局难以预料。

此刻,我从一面镜中启程,你正拒绝,从另一片葱绿的草地上出发。

14

  其实,我们必须保持步调一致。否则,你慢下来的时候,我就加快了速度。也许只有一个时辰,我们都会陷入茫茫的暮色。
  无论你是否跟上我的步伐,我都必须感激,必须回头等你。

15

  你的头发乱了,你的面容淡了,你的心碎了。
  好在,还有我与你互道早安,把你的呼吸,在一轮红日中慢慢磨亮。

16

  我最想做的事情,就是在你撤退之前,给你穿上一对马靴子。

让这片滚滚沙砾，像我弹奏的另一组和弦。

17

必须倾听，让耳朵结满清脆的鸟鸣；
必须臣服，让眼窝划出绿色的桨声；
必须响应，让山谷接住动人的呼唤；
必须和你，住在一根麦穗的故乡。

18

因为有一天，我们总要离去，像连绵起伏的山脉。

它不断上升，还有下沉。一滴琥珀般透明的眼泪，你不会拎在手上，若有若无。

19

一生不可逆转，你不肯背叛的命运，忠于内心。我不相信，你有一张面具，或者暗藏低飞的流萤。

今夜，北风呼啸，我是唯一站在你身边的人。

20

影子，垂落翅膀。

所有的亲人啊，你们不再分散，让门楣高过苦楝树，让低矮的苍穹，伸手可及。

这个寒冬腊月，我们相互依偎——

怀念、诉说，还有安慰，燃烧一炉噼噼啪啪的火苗。

柔软

麦苗之上,我只想把安静的时间抱紧。

柔 软

我想到柔软,一滴眼泪有了重量。记忆张开翅膀,眼泪沿着原路返回。童年,眼泪随同河水干净地流淌;中年,眼泪退守到谁也看不见的角落。

而更多时候,其实没有眼泪。即使一场巨大的悲伤猝不及防地来临,它还是一个清醒者,在时光中静静地漫游。

我边回味,边呋吸,它的快乐和忧伤。像是一把小提琴,在子夜萦绕一支熟稔的曲子;又像一支笛子,在暮色中陪伴一头老牛走在回家的途中。滴水藏海，静水深流。眼泪令我的心房湿润而又辽阔，在阳光的万丈发丝中，要让我证明自己，爱着，活着，绝不放弃低处的高贵。

从坚硬到柔软的距离，眼泪触手可及。一个人百转千回走了许多路，但只要拥有一滴真实的眼泪，那就足够使自己变得无限深情，用一双脚丈量着广袤的大地，用一双手抚摸着热爱的版图。

我曾承诺过，让眼泪浇灌一座思念的牧场，让眼泪唤醒春天盛开的唇语。

请相信一滴眼泪不会消逝。

指纹里的痣

像一枚纽扣，扣住了一个春天。

鸟语花香。一颗痣，在岁月中拂去花朵的伤痕，也抹去一滴苏醒的泪珠。

我不相信宿命，不背叛命运。但曾经，我与一颗痣同病相怜，仿佛共同经历了几个世纪。

在掌心，马蹄声碎；在指纹，漾开一轮皓月。

一朵是我微笑的脸庞，一朵是大地盛开的恩典，一朵是攥紧沉默的黑痣。

我不能描述过于胆怯，在久远的迷失中停顿，把一辆马车，遗失在青春的驿站。

所以，失眠的夜晚，这颗痣宛如开花的石头，被我加冕。

蹚过水路

那时我还小，喜欢撑着一把雨伞，在雨季蹚过弯弯曲曲的小路，去很远的地方看外婆。

那时我不懂事，甚至故意使劲地踩几脚，让平静的雨水溅了一身。

请原谅，我一直在时光的剪纸中穿梭，来来去去，都被回忆撞得生疼。

一茬又一茬的异乡人，走向无穷无尽的呼唤与叮咛。

无论多少年，我依然是一株幼小的秧苗，没有抽穗，没有开花，站在前世今生的稻田里，随同稻草人，傻傻地挥动着不倦的双臂。

所爱的人，在外婆的拍打下，静静睡去。

旧物件

打开抽屉,一些旧物件不翼而飞。

我藏过的糖纸、邮票、烟盒,还有散落的硬币,如今都去了哪里?

悲伤的夜晚,一方手帕,捂住了不急不慢的哭泣。

人到中年,过往的荣光与衰落自动清零。我分明就是穷人,只能目睹一朵梅,在初春的枝头上燃烧。

幸好,还有一片枫叶,夹在发黄的典籍中。恍若一种心跳,清晰可辨。

我承认,那些斑驳的物件是故意丢了。

长天旷远,天高地阔。那一直仰望的鸟巢,每天还在孵化着新鲜的鸟蛋。

失去的,正在前方,张开一叶蔚蓝的帆。

风吹过麦田

如今,只要看到麦田,我的内心顿时翻腾起滚滚热浪。

像风一般吻过。

恰好一只蝴蝶赶来,我会生起茂密的胡须,耗尽最后的热情和泪水,生长郁郁葱葱的森林。

我怯怯地成为另一只蝴蝶,在阳光下婆娑起舞,在夜晚陷入甜蜜的忧愁。

为何而来?为何而去?

麦苗之上,我只想把安静的时间抱紧。

世界不是我一个人的。风,倾听着我的诉说,一次又一次扶正我卑微的身躯。

我的姿态,被风挥动巨大的狼毫,像一笔狂草般,抖搂。

芬芳未歇

桃花谢了,杏花败了。春天渐行渐远,谁的枝头,心事重重?

我不忍离别,却在漫山遍野的草色中迷失。

回到安静,以一朵茉莉的姿态,喃喃呓语。心收紧,而又放松,仿佛一只小拳头,在暗夜里不由自主地摊开平和的手掌。

回不去的故乡,我无法抵达;大雁迁徙的队伍,我只能仰望。

风吼起,星辰落。我打开嗓子,哼唱一首久远的歌谣。我知道，脚板再硬，也踩不出辽阔的回音，只好跟着扬起的旌旗，想象自己，被风吹成一支洞箫，轻轻奏响我虔诚且干净的呼吸。

如一团露珠，在茉莉上散开。晨曦初升，新鲜的一天甩起了健壮的臂膀。

我微笑着，从人群闪过。一生蓄满感动的雨水。

春落，满地尘埃

从尘埃中撷取一缕激荡的回音，抛到半空，向远方飘去。

远方的尽头还是远方。

春天，悄悄地一分为二。一半是初春，一半是暮春。而中间等待的过程，被记忆遗忘。

这个春天，我的背影留给一盏灯火，在窗台始终亮着，捻燃初夏哧哧舔来的火苗。

缘起缘灭，宠辱皆忘。那些朦胧的面孔，怆然的风景，仿佛被一把老屋的门锁，紧紧锁住。唯有一条奔涌不息的大河，在身边低吟浅唱。

所有的痛，随着肩膀微微抖动，不为人知。

遇见夏天

栀子花开,蝉鸣盈耳,我走在雨山道上,与夏天不期而遇。

遇到久违的老友一般,我停下脚步,打量这清新的一幕。

一只萤火虫飞来了,绕着我飞了几圈,倏忽不见。尽管只有一只,但足以让我心旌摇曳。

万物皆有灵性,生命如此灿烂,小生灵带动了一座山的欢唱。

遇见夏天。某种不可遏制的安宁灌满全身。

挥起一把蒲扇,热气在茶香中袅袅散去。

我踮起足尖,像是用力在大地上画出一个熠熠闪光的标记。

隐喻或呈现

在白雪的包围中,解除无声的抵抗。

后　来

少年时,一接触颓废,我的双眼晶莹发亮,并怀着一股深深的敬意和畏惧。

而现在,我想到颓废,就不由得在风中加快了速度。

但是不知道,在暮年时,在暖暖的阳光下,我是否能忆起,它站立在茫茫大地,投下一片斑驳的树影。

我只能用平和的手掌,拂去它沾满一身的灰尘,抚平一颗被岁月慢慢掏空的心。

秋风辞

将这些细小的幸福,抖搂出来,大地一片辉煌。我不能怀疑,在这一小缕风声中,包裹着孤独的火焰。

我爱着的、记忆的事物正在复苏。比如一只蜗牛翻过了叶子,一群蚂蚁扛起暮色,一道霓虹挂在窗前,还有一些花朵悄无声息地落下。

我不断校正自己的方向,像是雪亮的犁铧,默默地从心野犁过。再远些,谁早已拒绝缝补一个破碎的梦?

在秋风吹拂的天空下,不说爱,不说想念。哦,这样就好。

大　雪

一片雪还没有来得及融化,很快,一团又一团雪花铺天盖地,沿着神秘莫测的方向,狠狠地砸下来。

整个世界,似乎尚未做好迎接的准备,人群加快了步伐,还有那么多的树木,集体抗议。这骤然来临的雪,让它们必须承受一份无法估量的压迫。

大雪从不理会，把灰暗的苍穹与无垠的大地连接在一起。一个人、一只鸟、一片灯火、一杯茶、一支歌、一段怀念，在白雪的包围中，解除无声的抵抗。

　　如果我辗转的诗行中，有一颗雪子，呵呵地笑着，请不要怀疑，我有足够的耐心与热力，从中慢慢地挤出一滴血。

　　像是幼小的梅花，对着亲爱的人——最先敞开甜蜜而羞怯的脸庞。

劫

　　很多年了，一道漫长而无形的绳索，没有能力拴住我的脖子，却把我的心，一圈又一圈地缠绕。

　　我似乎不能呼吸，就连潮湿的泪腺也变得龟裂起来。对于这个伟大的对手，我保持敬意，它藏在最深的角落，目睹我的痛苦，一言不发。

　　我遭遇着一场奇怪的战斗，无论怎样解放，从不知道新生什么时候开始，就早已结束。总是重复不变的动作，把自己捆绑，松开。

　　也许时间就是这样，它让我的希望一次次幻灭，又让我重怀理想与美德，在千百次的突围中，醒了，暖了……

变质的叙述

我坐在夜晚,没有哀伤,除了若有若无的叹息轻轻回荡。我究竟需要怎样的力量,从原地一弹而起?

一个丧失方向的人,看上去那么无助,像一块豁口的石头,横亘在岁月的咽喉。如果我走近,恰逢其时,彼此都会相视一笑。

不过是三尺的距离,不过是一根烟的时间。为什么,我的脚步缓慢而沉重?那么多急切而慌张的想念,落入了草丛。

幸好,我跟随一只萤火虫,这幽香的身体、暖暖的光芒,让我爱得如此陶醉又心疼不已。

所有的歌唱,终归在灯火的深处,收拢翅膀。

莫须有

从第一声蝉鸣开始,这个夏天逐渐火热起来。总是怀疑这些寂寞的歌者,怎能身居风声之上,凭空拯救来去不定的孤独?

它们在午夜时分,抱住树木,一声高过一声,似乎很快就要戳穿我的耳朵。

  如果它们能稍微安静一下，我想这瓶酒，也不会眨眼之间就空了。我要在它们此起彼伏的叫声中，找到和我同样的心跳。

  一只小小的蝉，就这样，在一个人的体内，像是膨胀的器官。

清凉的日子

  我愿意保持沉默，如一个冻伤的琴键。无论拥有怎样的温暖，始终无法打开它洁白的牙齿。

  它紧紧地咬住时光又白又嫩的身子，它抗拒着记忆回落、挣扎，以及迅疾的飞翔。

  在雨水的另一边，我相信面对依然清澈的想念，无须惶恐不安，像一滴雨挂在檐下，欲落还休。

  清凉，我眼睛里的泪光。微霜散开，大地披上银袍。

  我承载着苦难的诗篇，所有的激情与梦想，被一匹老马驮着，渐行渐远。

局 部

　　这是多么残忍，我已经把它揭穿。痊愈的伤疤，被我最后冷冷一瞥，又重新渗出血丝，多少暴露我丑陋的嘴脸。

　　我捂住自己的心跳，生怕它在低沉的吼声之后，弹了出来。像一片树叶飘落，我一直陷入不停的摇摆，需要一种平衡。

　　每一次，都是和无形的我相互较劲儿。这一下一下的撞击啊，我怎能看透无穷的力量正在消弭？

　　毫无疑问，它一旦被风推动，我所有的抵抗都是扎在大地上的木桩。

还有什么不被伤害

　　长长的烟灰落下来，在手指之间滑落，有些微小的声音，在尖叫。

　　说老就老了，还没有好好地看一眼青春的模样。昨天，我的双脚跨过了岁月的风口，似乎没醒悟过来，我突然停止怀念，按下一切无知的欲望。

我不能抱怨，雪地里奔跑的野兔无处觅食，青嫩的小草被泥泞蹂躏，明月失去血色，钟声里的黄金，抵达不了一座幽闭的花园。

　　我注定无法独自远行，只能牵着黄昏的灯光。感谢上苍，赐给我良辰美景，还有暗自颤抖的良知，像秋天的果实露出绯红的脸庞。

　　这个尘世还有什么，让我留恋、彷徨，并且深怀忧伤？在一场漫无边际的大风中，除了护住你的笑容，我仅剩下一颗真诚、善良和可以触摸的心。

从现在起

　　从现在起，摊开一本诗集，读或者不读，都没有关系，自有一些闪光的音符，轻轻地歌唱。

　　我不会诧异某个诗人，在神秘的时间隧道，来回穿梭，也不进入他的睡眠，去俘获一束浅蓝色的花朵。

　　只要我在诗歌中央，让悲悯的雨水来得更猛烈，让美好的事物，像一块白石，浮出夜晚的湖面。

　　从现在起，我不落泪，不许愿，静静地活着……

　　诗歌中的一切越来越恍惚，而日子还在前头，每一缕微风都剥落了岩层般的内心。

巨大的隐喻

它从来都是这样，躲在时间的深处，忽冷忽热，甚至比一只蝉，还善于运用诡计。

它看到我的悲伤，也见证我的幸福。一群蚂蚁驮起山脉般米粒，在暮色下，多么壮观，去向不明。

有时候，它在北风中呼啸，发出深沉的呼喊。谁又能抓紧它小小的手臂，向前飞，而不沉沦？

我召唤着它，却又分明加速抵抗。

也许，失眠的诗行，还流淌着一眼泉水，我永远不能看到脆弱的真相。

给一百年之后的我写封信

给一百年之后的我写封信，告诉自己，这个人曾经来过。像一根茅草，站在遥远的地平线。

它弯下身子，恍若要接住一颗松果般的落日。

如果读到这里，他暗自嘲笑，那么，请原谅，我不会向他道歉，也不祈求，他能够无私地宽恕我的卑微与欢愉。

我必须和他保持同一个姿态，岁月教会我的，我也毫无保留地交代给他。活着是多么美好……

千万不要如嫁接的苹果，催生多变的汁液。给一百年之后的我写封信，我的眼睛温暖，心灵一直惧怕寒冷。

纸上

江湖尚未老去,而我掩埋了所有的退路。

当我写下黑暗

当我写下黑暗,我不由自主地把疲倦的身子,向打开的灯光倾斜过去,离得近一点,再近一点。

让这慈悲、温煦的光辉,把慌乱的日子重新安抚一遍。我仿佛看见了一只猫,正从屋顶越过,它一阵高过一阵的怪叫,就像一首蹩脚的诗歌,在夜晚哭闹。

一个人漫无目标,开始缓慢的行程。走到哪,就停留在哪。我知道秋天正在降临,凉意滑溜溜地爬上皮肤,先是一粒疙瘩,接着就是大片的疙瘩，瞬间占领了失眠的夜晚。

像一列长长的火车，运来无从逃逸的忧伤。我没有卸下它，连同风吹不走的疲倦，穿过一万公里的隧道。

在日出之前，我心力交瘁。

多年了，我习惯这样虚无和真实地存在，把自己掏空，而我一直无法回头。雾气越来越重，生活正在继续。

当我写下江湖

当我写下江湖，我仿佛身插双翼，从千年的风雨中疾行而过。我在开满鲜花的原野上，静静地散步，或是在蜿蜒流淌的河水中，清洗污浊的尘垢。

亲人们啊，我在离开的时候，万分伤感和动荡不安，却久久沉湎于无限江山、桃红李白之中。

我并非风景中最重的一笔，只想从认识一朵云开始，再认识苍生。我没有理由抱怨什么，在生活面前喋喋不休，也不随意放大任何一点疼痛。

如果看到了我，不要和我打招呼。因为我一直是抬头走路，低头看路，生怕一不小心，连声说着罪过，像道貌岸然的高僧踩到蚂蚁，不肯原谅自己。

在日落时分，我安然无恙，一切正如大幕拢住呼呼风声，我不能说出渺小的孤独和万丈豪情。

江湖尚未老去,而我掩埋了所有的退路。

当我写下记忆

当我写下记忆,我的脑子一片空白,仿佛一场大雪猝不及防地来临,又突然消失。

我不知道,应从哪里找到一条神秘的出口,让记忆慢慢复苏,哪怕如蠕动的虫子,我也觉得并不可怕。只希望,记忆的磷光漫天飞舞。

我独居在一片叶子之上,随风摇荡。谁能挡住寒流的侵袭?

枯萎不过就是几秒钟的时间,我听见裂开的脆响,像薄冰正一下一下轻轻折断。这些善于伪装的事物,看上去充满冷漠,从一开始,我就提防着变质的叙述,以及那些爱恨之间不可逾越的距离。

在白色的纸上,我大口呼吸。

有时从容,有时慵懒,偶尔探出头去,看看满天的星斗。我没有勇气走出记忆,拖拉机一般颠簸不停。

当我写下江南

当我写下江南，我的眼前飞扬着斜风细雨，整个青春，被泡在云烟氤氲的季节。

谁家的女子，摇来一桨碧绿的水声？那婉转的情歌，被小舟流放，一直就没有踏岸而归。我无疑是幸福的人，不需要含情脉脉，十八里相送，就在这里，点燃桃花亮晶晶的思念。

我再也不是懵懂无知的少年，学会了忍受寂寞，如一粒尘埃，牢牢地贴上春天。

红烛点燃的夜晚，我悄悄地挑落，无法抑制的疼总是蹿出胸膛。

雨还在下着，在黑暗中，谁能窥见我的瞳孔，没有泪水？

在拍遍栏杆的江南，我茫然失措，看不清来路，对去向也狐疑不定。

过冬的衣服还压在箱底，怀念的气息，若有若无地萦绕。

我穿着一袭青衫，并不寒冷。

当我写下岁月

当我写下岁月,我不禁大笑起来,费了很足的劲头,却无法到达柔软的深处。

如果在以前,我或许偏执,认为生活是一杯苦酒,辣得让我无所适从。

可是在今天,我看到了人性的脆弱,在岁月的风霜面前,不堪一击,就像衰败的果子。离别就不怕孤独。

总以为时间是我忠实的伙伴,月亮是我多情的面孔。

一个个轻扑流萤、搜寻蛐蛐的日子,早已背叛无奈的命运,不复存在。

对我来说,人生就是一次搏斗,尽管日渐憔悴,但我没有放弃抗争的勇气。我种下一株火苗,并不期待,燃烧得更旺,而只要这微弱的光芒照亮我的影子。

在倚栏听涛的时候,我坠入更深的暮色。世界很安静,包括一颗不安分的心。我还年轻啊,突然,一声鸟的鸣叫,像一个闪闪发光的逗号,在我的身体中力压千钧。

存在

人间远比四月天,寥廓而又开朗。

1

我们说起晚年,到乡下,找几间房子,或租或买或建,大家抱团,在一起养老。

一个人走了,还有其他人送……

慢慢地,孩子们会习惯的,对于他们来说,亲人的离开,只是各自回忆的开始。

2

微风中，叹息远去了，一滴雨水，落在古井，渺然无声。
我庆幸，久违的泪腺尚未枯萎，我的眼中含泪，流给——
你看。

3

灯火暗了，梦依然醒着。春风憔悴了，一串风铃静默如初。
你走了——
夕阳像一块纱巾，悬挂在天边。

4

一头鲸，在大海中出没，仿佛隐者。几头鲸，结伴而行。
月色抚摸，这动荡而又平静的大海。

5

每天,活着、爱着,像一棵树苗,努力地成长。

守在,你走过的路口,向你微笑,或默默打量你的姿态。

6

栀子花开了,芳香,盈满庭院。

想起当年,守在一株栀子花的旁边读徐志摩,想象林徽因的样子。

人间远比四月天,寥廓而又开朗。

7

香樟树下,年老的修鞋匠,一坐就是很多年。

只见他,一个人支摊、收摊。

没人知道他的家人。

8

上坟的时候,我给祖宗们磕头,祝他们安好,祝我们幸福。
但我还是动了一个念头,百年之后——
请允许我,给花花草草们做肥料。

9

我不关心,超级玛丽、一休哥,还有梅西、内马尔。
我只关心,生活把我捏成一只陀螺,不停地转,停不下来。

10

暗夜,群山主持着受戒的仪式。
鹰在巢穴,用一对大翅,拢住一只雏鹰。

无论何时，我在心中升起一座高峰，就这样等待天明，相看两忘。

11

一群鸽子，从窗前飞过，呼啸而来却又倏忽无踪。

窗台前，我的心颤抖了一阵，仿佛被什么事物碾过，在暮色中，陷入一场旷日持久的忧虑。

12

春天，就在身旁。一株桃花悄然绽开，带动着整个广场花朵的怒放。

一个人走在春天里，血是热的，身体是暖的，一些词语，渐次打开门楣，比如爱、想念，比如我把异乡唤作故乡。

13

风,压断树枝,却压不断沉默和良心。

我一再抬高的目光,越过山峦,越过大河,跟随一只鹰巡游苍穹。

我没有惊慌,也没有沮丧,一直仰起倔强的头颅。

14

年轻时,茂密的发丛中,隐秘地排列着静电。

只要你走近,我会不由自主地发出火花。

而现在,一切归于平静,时光遮住了我倦怠的脸,顺便也让头发,有一种,顺从的起伏。

15

　　时针长,秒针短,有的时候,我竟分不清时针与秒针,谁长谁短。

　　在挂钟的内部,它们自由地摇摆,不需要,我深深的凝望。

　　面对苍茫的大地和肃静的内心,我只想看见——

　　自己与影子,像一对时针与秒针,从不排斥,亲密无间。

16

　　一串钥匙,挂在皮带上,当我走出电梯时,又按上十五楼,反身看看门可锁好了。

　　这么多年,我总是这样和自己较劲儿。

　　什么时候,开门不需要钥匙,那么又该如何——

　　打量自己,一个陌生而又清醒的人?

17

我曾养了一些金鱼。十条,挤在一个鱼缸里。过了一段时间,它们先后离去。

我又养了一些金鱼,四条,还是挤在鱼缸里。

一年、两年、三年,它们还是四条,不多,也不少。

18

我打扫房间,推开一排长沙发,在角落里,藏着空调遥控器、几张扑克牌、小玩偶,还有一个笔帽。

多年以前,我曾费劲地找过,没想到,它们委身这里。这满是灰尘的旧物件,让我突然拥有一份猝不及防的喜悦。

李白，李白

一轮明月，映照千里的白霜。

1

天空怎能按住，他千年的长啸，被一缕白云抚摸，金色的回声？

我听见小小的颤抖，如一层薄冰，渐渐碎裂成一片空旷的呼唤。

2

　　那独行的人,仗剑或是饮酒,弹一曲古风,秋天越发深沉。凝重的脚步,交付一双芒鞋,在蓑雨中丈量天涯。

3

　　孤帆远影,烟波浩渺。一声冗长的叹息,被一轮落日托付给斑斓的大鱼。
　　他的梦境,与这条江结下芬芳的情缘。歌者掀起了万丈波澜,绵延至今。

4

　　大地辉煌,葵花向阳。我分明看到,一滴眼泪泊于烈火的唇角。

如一叶小舟，无橹无桨，不知流向何处。

5

谁的目光扫过碧水？谁燃起光明的火把，点亮苦难的日子，或是奔波的旅途？

一阵阵猿声，远了，在历史的喉管里，兀自呜咽。

6

散落在江水的歌吟，给每一条鱼披上了锦缎，经久不息，鼓荡着时间之帆。

我追寻着，迁徙的鸟群，那里有一只大鹏，奋力向前。

7

一柄锈蚀的剑，被老酒擦拭得雪亮、通透，仿佛一个人飞翔的身姿。

谁是持剑而舞的人？谁沉默不语，甘愿回到又瘦又长的剑鞘内，独守黑暗的秘密？

8

你用壮美的诗歌缝补破碎的山河，你用不羁的风流擂响沉重的大鼓，你用根根白发绾住三千尺的瀑布。

但其实，你的内心始终涌起温柔的泉水，沿着狼毫，落下最后的热爱。

9

红尘深处，你寻觅一处清凉的福祉。这么多年，你找到了吗？

一轮明月，映照千里的白霜。和平的歌唱——从山的那头，蜿蜒到水的岸边。

10

你怀抱白色的美玉、闪亮的黄金，在一路颠簸中，像是吝啬的富翁。

此外没有丢弃的就是你的良心，拨开盛唐的烟云，竹简上，与故园默默相望。

11

忆起某日，你如青莲盛开，在潋滟的水面，时光溅起微笑的涟漪。

多么美，回声，继续传荡，与古老的蜀道擦肩而过，留下一串叮咛……

12

在一杯酒里,潦草的痛隐没了过往。一缕秋风,缝缝补补着呼吸,散开在漫无边际的夜晚。

一层一层,不绝的缠绕,恍若青丝万缕,属于谁?

13

伫立于采石矶畔,寻找精神的源头。你的衣冠冢,如今葱绿一片,多少行者纷至沓来。

仰望,致敬,膜拜。你的名字镌刻在石碑上,被春风抚摸,又被秋天的露水浸凉。

14

初澜显现,山峰凸起。你来自奔腾的阳光,又向何处走去?

一曲悠长的箫声，唤醒了静谧的花蕾，你的梦中是否还有一团闪电？

15

大风吹散尘土和迷雾，在时间深处，谁被流放到烛火的案台？谁倾听不眠的祈祷？

一袭青衫，裹紧受伤的影子，触摸大地的体温。

16

撒一把鸟鸣，引来一个五彩的春天，骏马在荒原奔跑。

野草蔓延着孕育的气息，雨水过后，诗篇跌入草丛，纷纷结籽……

17

桂子酥香,江南正是蟹黄时节。一舟星辰,恍若蹦跳的鱼,集体上岸。

煮一壶月光,仙人!且允我坐在你的对面,小酌,对影成三人,好吗?

18

准备好一筐雪,洗尽你身上的仆仆风尘。

那高贵的头颅,不肯低垂。还有一颗深情的泪珠,挂在岁月的枝头上,晶莹欲落。

19

秋浦河日夜流淌着无尽的悲欣,桃花汛,远远地,拍打着一个人的胸脯。

我们怎能分离？诗歌簇拥的花环，光荣而温情，分享世界真诚、善良的果实。

20

从开始就没有结束。李白，李白——

一座城市的呼喊，破浪而起，一个国家的心脏，撞响沉睡的大钟，只为了，那一次永恒的守望。

在钢铁中歌唱

我的生命与灵魂,一路追随逶迤的铿锵足音。

第一章

春风浩荡。大高炉铁水奔腾。

一路燃烧,我们的目光电闪雷鸣。那通红的钢铁,呼啸着,如一匹匹脱缰的野马,从我们的面前飞驰而过。在水之南,在山之北,钢铁的呐喊无处不在。它们是多情的歌者,在蔚蓝的天空下弹响七彩的琴键;它们是辛勤的劳动者,在辽阔的大地上收获着丰收的篇章。一阵细雨,从钢铁的头顶洒过,有多少青春的花朵纷纷开放。我用五千年的梦想,五千年的坎坷,与整个天空对接。

火热的熔炉,冶炼着我的激情。我在祖国的高处,如一尊雕塑,静静地守望着这片钢铁的家园。古老的情诗在滚烫的河流中生长出一片片新芽。这一声声撼天动地的歌唱,这一缕缕葱翠郁郁的情思,满怀眷恋,行者无疆。

此刻,钢铁锻打的人,往返于现实与梦幻之间,每一次深情的凝视,都化作一朵温柔的丁香,在梦中播撒芬芳。

请允许我放开喉咙,穿过风雪封锁的栅栏,让幸福尽情地燃烧。今天,我注定不是一个独行的人,在前进的路上绝不倒下,我的脊梁始终被钢铁一次次校正方向,熠熠闪光。

无论风雨,我都像一道斑斓的霓虹,高高地挂在故乡的胸膛。

第二章

沧海桑田,车轮滚滚。岁月铺成一条宽广的路。

当嘹亮的号角吹响的时候,我分明看见,在汹涌澎湃的钢铁浪花尖上,有一枚叶子紧紧地贴在古铜色的脊背上,那是谁遗落的唇印,又是谁投下最后的深情一瞥?

春天盛开的桃花,转瞬之间就已落红满地。大地苍茫,太阳正缓缓走下厂房。一根又一根钢铁,洗尽铅华,默默无言,丈量着人生的坐标。仿佛无数个汉子,手挽手,肩并肩,成为亲密的兄弟,抵挡十二级狂怒的风暴。我来不及发出一声呼喊,就一头撞进钢铁的内部,聆听这遥远而清脆的呼吸,它如一粒火种,在我的血管里日夜燃烧,明媚而温暖。

任日月如梭,钢铁从不喧哗,被一列列火车或一艘艘轮船运送到辽阔的疆土。仿佛我的生命与灵魂,一路追随逶迤的铿锵足音,在漫长的旅途中,抚慰着动荡不安的心灵。这就是诗意的见证,一个人站在钢铁的中央,他是多么的荣光!

面对伤感,我可以声嘶力竭;穿过孤独,我能够咬紧牙关;唯独守望钢铁,我却是那样痴情和盲目,如热恋的小伙子,跃过万水千山,只为爱人的那一转回眸。

第三章

钢铁,请不要介意简单的抒情。

在你的面前,我始终是一个弱小的孩子,就像等待鲜花开满荒原那样,充满艰难,但从不放弃,即使历经浴火重生的苦难,我仍要抵达你钢筋铁骨的身旁。从此,一株生命之树刻下感恩的花纹。

在草木青青的三月,我头顶陶罐,涉过生命的河流;在白雪皑皑的腊月,我义无反顾,抬起倔强的头颅。在平常的日子,我沐浴着阳光，温暖如锦；在危急的关头，我踏着汽笛的鸣叫，一路冲锋。是钢铁，催动了我万缕情丝；还是钢铁，抹平了我所有的创伤。谁也无法阻挡驰骋的渴望，一如无边的黑暗，总有两三点灯火明亮地闪烁。

我擦拭着每一根琴弦，只想在漫天的音符中找到通向花园的秘密通道，也许穷尽所有，都无法追逐钢铁本身聚集的花朵。但情愿这么傻傻地、痴痴地，让光阴加快我的速度。在幸福与忧伤中，我可以让诗笺一次次湿透，如一张素白的宣纸，绽放热血与青春。

沉默的钢铁啊，你目睹着我的冲动，又一言不发。在历史漫长而神秘的旅程中，在现实激烈而诡谲的风云中，你折叠起一沓方方正正的思念。

我走过去，如鹿轻轻地踩响辽阔的草原。

第四章

钢铁的旋律，没有终点。

我踉跄的脚步，走得整整齐齐；我羞怯的面容，焕发新鲜的光彩。在钢铁面前，必须忍受一切寂寞，哪怕昨夜的风尘悄悄布上我的窗台，哪怕明天阴晴不定。

钢铁啊，你是我永远的情人，俘获了一腔万种风情。

原谅我，爱上你不是我的错。今夜，我在一片白纸上描绘你的模样，仿佛看到你搬来昨天的村庄、房屋和袅袅的炊烟。那么，且让我怀揣恒久的激动，请容许我的心跟着你的脉搏一起跳跃，奔赴遥远的海角天涯。钢铁啊，我爱上你的奔跑，雄姿勃发，永无疲倦；也爱上你的柔情，望穿秋水，绵绵悠长。你占领着高高的山冈、肥沃的平原、苍茫的戈壁，你把爱播种到四面八方，你在自己构筑的跑道上与风赛跑，你在太阳的眼窝里采摘光明。

钢铁，每一次深情的注视，我的目光都没有拧弯；每一次流连的赞美，我的诗行都会笔直地流淌。无论霜雪如何侵蚀你的骨头，你都是这样矗立如初。

紧紧地握住你的手，我头顶荆棘织就的王冠，和你一样构成爱的图腾，托起永不凋零的守望。

第五章

我的身体里，全是钢铁栽下的火苗。

钢铁，推动着光阴，向未知的苍穹缓缓走下去。我总是悄声诉说着，却是用了全部的力量。沿着四季隆起的曲线，钢铁把渊深的情怀送到每一双温情的眼睛、每一双布满老茧的大手和每一张微笑的脸庞，只为一个漫长的期盼。一茬又一茬，青山绿水，钢铁镌刻着亘古不变的眷恋，一边拍打低处的尘埃，一边聚集内心的风暴。谁能熟视无睹，谁又能远离而匆匆老去？

我在困倦中，会被钢铁喊醒，陷入钢铁温柔的包围。我从席卷的黑云中，看到了钢铁塑造的一群雕像。他们挑灯夜行、风餐露宿，他们意气风发、豪情激荡，他们无怨无悔、痴心不改，他们背负着古老的希望，去开拓千年回归的神话。多少汗水、多少泪水，浇灌出腾飞的花朵，在每一个角落，芬芳四溢。

此岸彼岸，金色的歌谣，从钢铁洞开的胸腔中倾泻而出。那些缥缈的往事，只能让我再次走过相思的河边，汇成一片波澜壮阔的大海。而我，从梦的源头扬帆起航——

今生今世，我的钢铁冶炼永不背叛的意志！我的钢铁谱写涓涓细流的篇章！我的钢铁耸立枝叶繁茂的森林！

第六章

暗香浮动，天高云淡。

走在生命的旷野，我把自己想象成一棵行走的树，尽情地饮下大地的朝露、低语的风。可是我却不能失去钢铁，一个人目送归鸿，独对楼外残阳。在钢铁灿烂的歌声中，我一洗征尘，找到属于自己的安宁。钢铁，你为何把微笑藏到花朵的背后，又为何一个劲儿地拔高疯长的思念？纵然没有诗情画意，没有张灯结彩，在钢铁一望无垠的脊梁上，我触摸到那些宽广的慈爱、伟大的理想和真实的力量。

我风尘仆仆，昼夜兼程。假如在前进的路上倒下，偏离了钢铁坚贞的方向，那么，请允许我小憩一会儿，面对钢铁的光芒，说一阵话，吐露自己的心思。钢铁是另一种神圣的家园，从思念的起点到终点，就像一坛老酒散发醇香。一瞬间，我呢喃的梦呓张开了轻盈的翅膀，就在钢铁的周围，久久地不愿消失。

夜浓如墨，红尘有你。我仿佛看到了钢铁握着的巨橡之笔，正写下信念的熹光，照亮所有的昏暗和失意。

钢铁，请让我跟上你的足音，在蔷薇花开满的前方，我和你一道开采丰硕的宝藏，一道跨越雨后的彩虹。以优雅之舞，以壮美之姿，为祖国的盛典戴上钢铁的花环。

第七章

钢铁。每一行汉字都是泣血的诗篇，能表达我对你的爱恋吗？每一声呼唤都是怒放的生命，能秉承我对你的追寻吗？

秋水寒渡，鸥鸟翩跹。我循着你蜿蜒的历史而来，也循着你永恒的青春而来。钢铁，我该怎样寄托美好的情意，把你千万次抚摸？我该怎样许下庄严的承诺，把你揽在胸怀？在浪迹天涯的时候，撞响的铜钟一声高过一声，擦亮天宇，摇醒这片生长希望与丰收的土地。钢铁之光啊，从来就未曾萎灭。当我的头发像旗帜飘扬，请不要嘲笑我的热情、我的张狂，四季的梦想正在我的枝头次第展开。

以前，我总是疑惑，为什么钢铁总是冷冰冰的名字？百转千折，默默凝视，我才知道钢铁无言的背后，蓄积着赤日炎炎的情感，就像女人的内心，碧波荡漾，谁又能撑一支竹篙，匆匆而过？我重新回到钢铁，回到一种宁静、慈爱的深处，让我打开囚禁的花房，越过沧海，在浪漫与辉煌中，与来自各方的兄弟姐妹，共饮幸福的琼浆。

此刻，高温的炉台正飞扬着年轻的歌声，我融入生存与发展的最强音……

一种力量，与生俱来。一种情感，魂牵梦萦。一种精神，永不磨灭。

第八章

前方迢遥，路在脚下。钢铁的交响，浑厚而甜美。

面对钢铁，我仿佛看到了一幅多彩和热烈的画卷徐徐打开，这是一次盘旋的轮回，也是一段惊心动魄的洗礼。蓦然回首的一瞬，我才知道感恩是多么沉重，像一只鼓槌，狠狠地敲打我的心灵。就是这被火锻造，又被水冷却的钢铁，浸润了水乡江南、大漠塞北一双双葱绿的目光,那洋溢的欢乐与喜悦,扬起漫天飞洒的五谷飘香,让我重新诠释人生的真理,仿佛一颗种子的萌芽,冲出风霜的包围。

　　一根沉默的钢铁需要一个倾听的人,无疑我是幸运的。在生活的旋涡中,钢铁如礁,牢牢地占领我不老的垛口。我的诗歌,究竟要沿着怎样的方向,抵达钢铁温柔的眼窝?天地之间,我以梦为马,跑过原野,却无法挣脱钢铁铸就的缰绳,在风中张开千枝万叶的情思。

　　夜已微凉,繁星点点。我和钢铁并排伫立,如一棵静默的树,连同更深的影子陷入未知的远处。还有什么能割断我与你的缘分,还有什么能践踏我对你的痴恋?

　　无论时光多么漫长,我一直挥舞着钢铁般的手臂。

　　钢铁竖起的桅杆,穿云破雾,演奏着磅礴的未来。

矿山情感

思绪沿着号子的足迹跋涉,泪水苍白无力。

深入矿石

以黝黑乌亮的目光,将春天的大门打开,是怎样一支歌谣如春雷滚滚,让我倾听一阕天籁?

太阳是一张硕大的金色唱片。乐音的花蕾红灼灼铺满采场,深入你纯洁的内心。你闪耀的光芒,镀亮我灰色的小屋,抵达一种精神或者希望。

天空蓝得彻底,我凝视的目光是两只小鸟翔舞于这片辉煌的风景线上。当小朵小朵的云鼓胀风帆飘来的时候,我等待从未有过的体验，刻骨铭心的热情与痛苦一如你小小的矿石，面对春天，孤独而深刻。

一把火就能证实你的一生。

即使冬季尚未解冻，你仍要做一次艰难的远行。因为你已不再属于自己，而是属于这博大深邃的宇宙。熊熊燃烧的你啊！我的笔触像你的脉搏，在接近苦难与永恒的同时，也涅槃成金属的绝响。

打开窗户——在矿山，每块矿石的价值，都是一颗跳荡的音符……

所以我是那样自豪地聆听矿石萌动的声音，迎迓着春天的到来。

金色音符

火热的采场，大朵大朵的阳光飘浮于天空，只要用手一摸，便会有温暖的感觉，触电般传遍全身，如花满心房。

以一种怎样的情感泊于这滚烫的唇？矿石是一曲流动的旋律，是一颗颗闪光的金色音符。

风吹拂着蔚蓝的思绪，我的眼睛润湿而平和。开采之后的土地，就像母亲奉献的乳房，不敢靠近的是令我感恩的母爱。

在阳光和矿石生长的世界里，忧伤只是多余的灰尘，不能掩埋那颗跳动的心灵。日子彩蝶般翩翩起舞，在矿石沉默的注视下，我也嬗变成一块有棱有角的矿石。

于是，向往高炉的乐章山泉般生动起来。我不清楚究竟有多少矿石，义无反顾地走向烈火熊熊的熔炉，但我知道只有在无数次的冶炼和锻打下，才能塑造真实的自我。

所以自始至终，我在凝望矿石的同时就已经注定了我一生的命运！

矿石之一

你的骨头蕴含着怎样的坚硬，穿越世纪的风雨？

没有比你更深刻的接近太阳的方式。多少好兄弟沿着你古老而嘹亮的采矿号子，擦亮那片高远的天空。他们是用一双双长满老茧的手和一颗颗朴实无华的心灵与你对话，倾听你错落有致且沉重的呼吸。

威武扬起的是电铲的手臂。

轰隆震天的是电机车的号角。

这种力量，多么与众不同，仿佛火焰，在时光的河流上，成为一种永不败色的图腾。这是汗水和心血的结晶，是祖祖辈辈赖以生存的粮食。每一次凝视都让我感动，让我背负坚实的感恩，使匆匆走来的日子，绚烂如花，芬芳我年轻而漫长的道路。

矿石之恋，一辈子也剪不断。我们时刻提醒自己，要和你一样，品质优秀。

矿石之二

畅饮过岁月的风流，你是大地上唯一的灯盏。

在那躁动不安的年代，你所忍受的寂寞，比语言还重，比春天还美丽，仿佛一面火红的旗帜，猎猎飘扬，占据无数小小的晴空。

是什么使你如此成熟，以一种凛凛生寒的目光独对苍天？深入你的内心，才能探知沧桑的力度，惊醒满纸弦梦，启示后人，该好好珍惜生活。

你是我生命长廊中强大的依靠吗？

你是我抒情诗行中闪烁的音符吗？

且让我敞开衣襟，任山风怒吼，荡涤忧郁的乌云。让我同你在一起，面向高炉，祈祷心愿实现。我知道，我的生命卑微且渺小，只有和你共赴烈火之约，才能使我锻造钢筋铁骨，抵达信念或者纯粹的精神。

而我回应着青春的歌声，在矿石面前，铮然响亮。

走进采场

是那面小小的信号旗，于一道深深的采场里指引我们。

伫立。东风吹来白云悠悠的情思。

这掌子面摊开就是一张巨大的琴谱，电铲和电机车的劳作，仿佛沾满阳光的指挥棒，奏出青春与劳动的交响曲。

走进采场，被一种深刻的体验感动。

在矿床下蕴藏的矿石，火焰般的激情，亘古不灭，至今仍折磨着谁的灵魂？卧着，以沧桑的姿态，有多少朵野花烂漫伴随这无穷的沉默，在火红的呐喊中，横空出世？

目光，如两只小鸟，啄食着许多迷人的风景，一路扑翅而翔。

走出的，是一辆又一辆装满矿石合唱的队伍。

日月如梭，四季来去，采场永远是一棵枝叶繁茂的大树，日子是一片片绿叶，谁能够采撷？

采场呵，这把打开的折扇，我们诗也翩翩，情也翩翩……

号　子

又是新的一年，号子总燃烧着热量，在汗水和血液里沸腾。

坐在山冈上，思绪沿着这号子的足迹跋涉，所有的泪水苍白无力。

在一片粗犷的号子声中，我们的脸庞，被怎样的光芒照耀，纷飞的思恋一直延伸到矿石的深处？

许多人，找回了最初的诺言，流浪的心，在布满老茧的手上，如号子铿锵有力地起伏，带动天空中几朵浮云。

这美丽的家园，谁能够远离？就像这生在采场长在采场的号子，谁都能随便地吼出几声——一种朴实无华精神的礼赞。

夜晚来临

此时，夜幕垂落，十里矿山，正端坐在一片灯火的中央，我们听见，矿山那独特的粗重的呼吸渐渐涨潮。它将谁的歌吟流淌遍地？

进入夜晚，矿山涌动的呼唤，一波又一波，使我们的身子长上羽毛,把失落和忧伤全都抛入深渊。

风吹露白,灵感归巢。

采场里,一组电机车在夜晚疾驰。有一辆,该是拉住谁的小小的愿望?我们也要投身高炉,赶在明天太阳升起之前,像美人鱼一样升华。

有多少诗呵,是装在这夜晚的怀抱里。许多双明亮的眼睛,使矿山之夜神采依然,使矿山的白天黑夜是一幅流动的画面。

面对矿石

这一刻,我沉湎于宁静与感动,面对矿石,面对遥远世纪的光芒,我默默无语,心弦激荡。

阳光下,每一块矿石,都开满金色的花朵。剽悍的矿工,硬是凭着野性和坚强,穿云破雾,从深邃的采场中驶出一列列电车。

越过泥泞的辚辚车轮,拉长大地的思念,也驱走我胸膛莫名的愁怨。

矿石,却在目光的抚摸下,变得十分温柔。

任汽笛声声,唤醒沉睡的宝藏,我在这澎湃的潮汐中颤动——

如一片绿叶,轻轻摇曳。

怎样才能让你知道，我也是从远古而来的一粒矿石，一粒赭红色的小小矿石？艰辛而执着，充满荣光与希望。

渴望于钢铁的熔炉，我燃烧着，在生命的追寻中，升腾成一块永不生锈的响当当的钢……

落　雪

雪梦无痕。思绪踮着脚行走于矿山。

我心灵的原野已是皑皑一片，雪的舞蹈，犹如矿山女子们轻柔的背影，纯净而美好，究竟扑入谁的梦中？

在雪花白蝴蝶般飘落的时候，采场边坡的小树，毅然地挺起了胸膛，一如年轻的哨兵，守卫着采场的四方。

这雪的火焰，灼热、圣洁，闪耀着芬芳的亮泽。那扇年代的窗口，又伸出几枝幽冷的蜡梅。仿佛热血铸就的情缘，我不由得想起了一行行英雄矿工的名字，让我怀想不朽的精神，支撑着一座矿山博大的情怀。

在矿山的深处，涌动着一团团巨大的雷霆。如果你踏雪来矿山，你便会感知这春之气息，探听到矿石蕾芽的萌动声，照亮今生的旅程。

矿山落雪的时候，有许多事可以静静梳理。